相棒

Season18

相棒 season18

中

脚本・輿水泰弘ほか／ノベライズ・碇　卯人

朝日文庫

本書は二〇一九年十月九日～二〇二〇年三月十八日にテレビ朝日系列で放送された「相棒　シーズン18」の第八話～第十三話の脚本をもとに、全五話に構成して小説化したものです。小説化にあたり、変更がありますことをご了承ください。

相棒 season 18 中 目次

＊小説版では、放送第八話「檻の中～陰謀」および第九話「檻の中～告発」をまとめて一話分として構成しています。

装幀・口絵・章扉／大岡喜直（next door design）

杉下右京　　警視庁特命係係長。警部。
冠城亘　　警視庁特命係。巡査。
伊丹憲一　　警視庁刑事部捜査一課。巡査部長。
芹沢慶二　　警視庁刑事部捜査一課。巡査部長。
角田六郎　　警視庁組織犯罪対策部組織犯罪対策五課長。警視。
青木年男　　警視庁サイバーセキュリティ対策本部特別捜査官。巡査部長。
益子桑栄　　警視庁刑事部鑑識課。巡査部長。
中園照生　　警視庁刑事部参事官。警視正。
内村完爾　　警視庁刑事部長。警視長。
衣笠藤治　　警視庁副総監。警視監。
甲斐峯秋　　警察庁長官官房付。

相棒

season
18 中

第七話「檻の中」

一

　車のハンドルを握っていた〈東修大学《とうしゅう》〉の准教授、高瀬佳奈恵《たかせかなえ》が、新宿区のトンネルの出口付近で急ブレーキをかけた。

　後部座席で後生大事にアタッシェケースを抱えていた弁護士の鴨居辰彦《かもいたつひこ》が声をかけた。

「どうしたんですか？」

「人が……」

　鴨居が佳奈恵の視線をたどる。車の前方に男がうずくまっているのが見えた。

　佳奈恵がようすを見るために、車から降りた。鴨居もアタッシェケースを抱えたまま降りる。

「どうされました？」

　佳奈恵が男に呼びかけながら近づいていく。顔はよく見えないが、若い男のようだった。なにやら苦しげにうめいている。

「大丈夫ですか？」

　佳奈恵がさらに呼びかけたとき、男がニヤリと笑ってふいに上体を起こした。手にはテーザー銃（遠距離対応型スタンガン）が握られていた。男の合図で、トンネルの出口の陰からさらにふたりの男が現れた。男がテーザー銃の引き金を引くと、勢いよく電極が発射され、佳奈恵の体に刺さった。次の瞬間、電気ショックを受け、佳奈恵はその場で気絶した。

それを見たふたりの男が特殊警棒を手にして走り寄ってきた。鴨居は慌てて車に戻ろうとしたが間に合わず、ふたりに警棒で殴られ、倒れたところでアタッシェケースを奪われてしまった。


警視庁組織犯罪対策五課長の角田《かくた》六郎《ろくろう》は取っ手にパンダの人形がついたマグカップがお気に入りだった。

その日の夕刻もお気に入りのマグカップを持って、同じフロアの奥にある特命係の小部屋にコーヒーを無心しに行った。ところがいつもの場所からコーヒーメイカーが撤去されていた。

「おい。あら？　コーヒーは？」

「ほこりが飛び交ってるんで、避難中です。飲みたきゃ自分でどうぞ」

そう答えて、コーヒーメイカーの入った段ボール箱を角田に渡したのは冠城亘《かぶらぎわたる》だった。マスクをつけ、使い捨て手袋をはめ、除菌スプレーを噴きかけながらデスクを拭きはじめた。

「えっ、ここから？　なんなの、急に。大掃除にはちょっと早いだろ？」

「いや、ふとキーボードのほこりが気になったのが最後、なんかいろんなとこに目がいっちゃってねえ」

亘の上司である特命係の警部、杉下右京《すぎしたうきょう》ははたきを手にしていた。

「ああ見えて、神経質なところがありましてね、彼」

「暇だねえ。まったく」

角田が呆れたように言うと、亘が上司にバケツを渡した。

「しゃべってないで、水、替えてきてください」

「はいはい」

バケツを持っておとなしく部屋から出ていく右京を見やって、角田が感心する。

「警部殿を顎《あご》で使うなんて、あんたもやるねえ」

「いや、これでも遠慮がちに言ってますけどね」

「あ、あれで⁉」

段ボール箱を手にしたままの角田が驚いたとき、亘のスマホが振動した。亘は画面に表示された桝本修一《ますもとしゅういち》という名前を確認し、意外そうな顔で電話に出た。

「桝本？」

亘は電話を切ると、掃除をやめて名札を裏返した。

亘が帰ったあとも、右京は特命係の小部屋の床をほうきで掃いていた。勝手知ったるようすでコーヒーメイカーをセットし、お気に入りのマグカップでコーヒーをすっている角田に、右京が訊《き》き返す。

「地元の幼なじみ？」

「だって。ガキの頃、よく一緒に悪さしては先生に怒られた仲らしいよ。会うのは十数年ぶりだとさ。まあ、そんなもんだよな、地元の友達って」

角田が亘の旧友、桝本について語っていると、右京が机の下に落ちていたほこりまみれの五円玉を見つけた。

「おや。掃除をすると、思いがけない古い出合いがあるものですねえ。こう見えて、中途半端は嫌いでしてね。課長、お暇でしたら一緒にやりませんか？」

右京がちりとりを角田に差し出す。

「えっ、俺、家でもやらされてんのよ。ってそんな話、しに来たんじゃないんだよ。実はさ、知ってるか？」

「はい？」

亘が待ち合わせ場所の大衆居酒屋に入って、旧友の姿を探すと、奥のテーブル席から冴えない風貌の中年男が手をあげた。

「おう！　冠城！」

「えっ、桝本？」

亘が旧友の変貌ぶりに戸惑う。桝本はすでにビールを飲んでいた。

「悪かったな、急に。元気だったか？」

「ずいぶん、おじさんになっちゃったな」

「なんだよ」

「あっ、いやいや……。で、どうした？」

亘が桝本の正面に座る。

しばらくして、亘の近況を聞いた桝本の声が裏返った。

「警察⁉　今？」

「おう」

「なんで？　法務省じゃ、エリートだったんだろ？」

「まあまあ、こっちのほうが面白そうだと思ってな」

「そっか。辞めたのか……」

桝本が顔を曇らせたのを見て、亘が訊いた。

「なに、どうした？」

「いや、実はお前に訊きたいことがあったんだ。皆藤武雄《かいどうたけお》教授のことで……」

その名は亘も知っていた。

「皆藤教授？　〈東修大〉で研究費の横領容疑で起訴された、あの？」

「そう」

「保釈金のことで結構、話題になってたよな」

「なにしろ三千万だもんな」

亘はお通しに箸を伸ばしながら、「まあ、三億も横領してたんだから当然だけどな」

と応じた。

「その保釈が今日のはずだったんだ。ところが、いっこうに出てこない。東京拘置所の前で張ってたんだけど、空振りに終わった。なんで出てこられなかったのか、法務省のお前に訊けばわかると思ったんだけど……。今でも探れるか？」

身を乗り出す桝本に、亘が言った。

「審査に時間がかかってるだけなんじゃないの？」

「だから、時間がかかってるその理由を知りたいんだよ」

「やけに熱心だな。ただの横領事件に」

「……そうか？」

「久しぶりに連絡してきた用件がそれって」

「本当のこと言うとさ」桝本がビールをあおる。「最近、いい記事が書けてなくて……。もっと突っ込んだ記事が書きたくて、新聞社辞めて『週刊真相』に移ったのに、このまましゃやばいんだ。力、貸してくれ。頼む！」

桝本がテーブルに額がつきそうになるくらい頭を下げた。亘は桝本の左手の薬指の指輪に目を留めた。

「結婚すると、そんなに人って変わるんだな」

「茶化すなよ」

「わかった。訊くよ」

亘がスマホを取り出し、心当たりの番号にコールしながら、桝本に質問した。

「奥さん、名前なんだっけ？」

「ああ……美佳《みか》。実は去年、事故でな……」

そのとき、電話の相手が出た。亘は桝本を手で制すると、用件を伝えた。

「あっ、冠城だけど、東京拘置所に収容されてる皆藤武雄の保釈状況について、ちょっと確認したいことが……」

その頃、警視庁刑事部捜査一課の伊丹憲一《いたみけんいち》と芹沢慶二《せりざわけいじ》は刑事部長室に呼び出されていた。今しがた刑事部長の内村完爾《うちむらかんじ》から聞かされた話に、伊丹が耳を疑った。

「保釈金三千万が盗まれた？」

「そうだ」内村が椅子に座ったまま肯定した。「保釈金が盗まれるとは前代未聞。看過できん事態だ」

同席していた参事官の中園照生《なかぞのてるお》が補足する。

「保釈制度への挑戦だと、法務省でも騒ぎになってるそうだ」

内村が立ち上がる。

「せっかくだからこの際、法務省に恩を売ってやれ」

「いいか？　速やかに解決しろ。速やかにだぞ！」

中園に念を押され、伊丹と芹沢はうんざりした顔で返事をした。

「……はい」


伊丹と芹沢はさっそく鴨居が入院している病院に行き、待合室で佳奈恵から話を聞くことにした。

佳奈恵はまず弁護士の心配をした。

「鴨居さんの容体は……？」

その質問には芹沢が答えた。

「まだ意識は戻っていませんが、命に別条はないそうです」

「そうですか……」

伊丹が質問する。

「あなた方を襲った男たちは、三人組でテーザー銃を所持していたんですね？　男の人相などは覚えてますか？」

「一瞬の出来事だったので」佳奈恵が申し訳なさそうに顔を伏せた。「すみません……」

「いえ。他になにか気づいたことは？」

「あっ。そういえば、鴨居さんの事務所を出るときに非通知の電話がありました。無言電話だったって、鴨居さん、おっしゃってましたけど……」

「状況を確かめるために、犯人がかけたのかもしれないな」

伊丹が芹沢に見解を述べると、佳奈恵は別の心配を口にした。

「あの……教授の保釈はどうなるんでしょう？」

「残念ながら、保釈金が支払われない限り、保釈はありません」

伊丹の回答に、佳奈恵が訴えかけるような表情になった。

「いや、でも……」

芹沢がなじるような口調で訊いた。

「そもそも、なんで現金にしたんです？　ＡＴＭとかネットバンキングとか、他にも納付の方法はあったはずですよね？　三千万円という金額が注目されてるなら、こういう危険も予測できたでしょ?」

「一刻も早く出たいというのが先生の希望でしたので。それなら直接納めるのが一番早いと鴨居さんが……」

「まあ、それはそうですけど……」

そこへふらっと右京が現れた。

「こちらでしたか。どうもお邪魔します」

「ちょっと! ちょっとちょっと!」

「またかよ……」

芹沢と伊丹から邪魔者扱いされても、右京は気にも留めずに近づいてきた。

「お久しぶりですね、高瀬さん」

「えっ?」佳奈恵が顔を上げ、右京を見た。

「お久しぶり?」

芹沢は右京のことばを聞き咎《とが》めた。

「以前、捜査二課時代にお目にかかったことがありましてね」

右京は特命係に異動になる前は捜査二課にいたのだ。

「それは何十年前の話ですか?」

伊丹の皮肉に、右京がまともに答える。

「ほんの二十年ほど。当時、〈東修大学〉学長による研究費の横領が発覚しました。それを告発したのが皆藤教授でした。捕まったとき、学長は皆藤教授を裏切り者呼ばわりしていました」

佳奈恵がようやく思い出したようだった。

「あっ、あのときの……」

「裏切り者って？」

またしても芹沢が聞き咎めた。

「今でこそ、皆藤教授の遠隔操作技術は手術支援ロボットや災害対策ドローンなど、多くの人の役に立っていますが、当時はなかなか結果が出ず、学長によって研究を打ち切られようとしていました。ですから、そうなる前に告発したわけです。むろん、不正をおこなった学長が悪いのですがねえ。とはいえ皆藤教授のあのときのことば、たしか『私はね、自分の研究がなによりも大事なんですよ』とおっしゃったと記憶していますが、あれを聞いたときにはすさまじい執念だと思いましてねえ。それからなにかと注目していたんですよ」

「それはまた、なんにでも興味がおありで」

伊丹が嫌みをぶつけた。右京は気にもかけずに佳奈恵の前に座った。

「ですから、研究一筋のはずの皆藤教授が自らの研究費に手をつけたと聞いたときから、気になってましてねえ。と、まあ前置きはこれぐらいにして。ちなみに今回の横領ですが、どういった経緯で発覚したのですか？」

質問の矛先を向けられた佳奈恵が答えた。

「大学の事務局宛てに、匿名の文書が送られてきたと聞いています。約三億円もの研究費を不正に私的流用している可能性があると。調べたら、経理上のデータが改竄《かいざん》されていることがわかり、事務局が警察に通報したそうです」

「ですが、当初、皆藤教授は容疑を否認していましたね」

「ええ」

「それが一転して容疑を認め、起訴され、保釈の運びとなった。いったいなにがきっかけで供述を翻《ひるがえ》したのでしょう？」

「そこまではわたしには……」

佳奈恵が首を傾《かし》げたところで、伊丹が割って入った。

「はい、そこまで！　いい加減にしてくださいよ、警部殿。今は保釈金強奪の話を聞いてるんです」

「そう！」芹沢が同調する。「はい、捜査の邪魔しないでください」

「立って立って立って。はい、まっすぐ歩いて。出口はあっち」

伊丹に追い立てられた右京が出口に向かっていると、前から亘がやってきた。

「おや」

「どうしました？」

「君こそ、掃除を放り出して、今頃は幼なじみと積もる話に花を咲かせているのだろうと……」

「なんかことばにトゲが……」

「で、なんの用件でしたか？」

右京の質問に、亘が答える。

「〈東修大〉の皆藤教授のことで」

「それで君もここへ？　奇遇ですね」

「右京さんも？」

「ええ、面白い話が聞けました」

右京は思わせぶりに微笑《ほほえ》んだ。

二

翌日、特命係のふたりは東京拘置所を訪ね、皆藤武雄と面会した。

無精ひげを生やした皆藤は接見室に入ってくるなり、眼光鋭くふたりを睨《にら》みつけた。

「入れ代わり立ち代わり、警察というのは存外、暇なんですね。話より、さっさと犯人を捕まえたらどうなんです？」

「申し訳ありませんね」

右京が慇懃《いんぎん》な口ぶりで言った。

「苛《いら》ついてますね」

亘のことばに、皆藤が声を荒らげる。

「当然でしょう。保釈は昨日のはずだったんだ。で、君たちは？」

「警視庁特命係の杉下と申します。その節はどうも」

「杉下？」皆藤が座りながら記憶を探った。「ああ、あの慇懃無礼な刑事さんか。君も変わらないね」

右京も透明なアクリル板越しに座る。

「人はそう簡単に変わるものではありません。だからこそ不思議なんですよ。まさか研究費に手をつけるような方だとは思っていませんでした。そのあなたがどうしてそのようなことを……横領は事実ですか？」

皆藤は顔を逸《そ》らし、右京の隣に座った亘に訊いた。

「新たな保釈金はいつ集まると？」

「いま、必死になって集めているようです」

「早くするように言ってくれ」

右京が皆藤に訊いた。

「なにをそんなに急いでいるのでしょう？　保釈金を現金で用意したのも、あなたに急かされたせいだと聞いていますが」

「君も一度入ってみればわかるよ。狭いし寒いし腰も痛い。もう限界だよ」

「だから罪をお認めになった？」

「それがなにか？」

「いいえ。ずいぶんとつまらない理由で、供述を翻したものだと思いまして」

右京は納得していなかった。


警視庁の捜査本部では、鑑識課の益子《ましこ》桑栄《そうえい》が高瀬佳奈恵の皮膚に残った火傷《やけど》の痕の画像を見せていた。

「被害者の電流斑から、使用されたテーザー銃の種類がわかった」

「状況からして、今回の犯行は手慣れた連中の仕業のようだ」伊丹が言った。「過去に同一のものを使った強奪は？」

「スタンガンはあっても、テーザー銃はそうないでしょ」

芹沢のことばに、益子が反論する。

「甘く見ないほうがいい。この五年で二十七件」

益子から渡された一覧表を見て、芹沢が目を丸くする。

「結構あるんだ……」

「一件ずつ当たるぞ。おい」

伊丹が捜査員に活を入れた。


右京と亘が〈東修大学〉を訪ねると、佳奈恵が建物の外まで迎えに出てきた。

「保釈金のことでお忙しいときに申し訳ありませんね」

右京が労《ねぎら》いのことばをかけると、佳奈恵は「いえ、捜査のためですから」と応じた。

「三千万、集まりそうなんですか?」

亘の質問に、佳奈恵の顔が曇る。

「いや……。心当たりを当たってみてはいるんですが、正直、もう当たり尽くしてしまって……」

「そうでしょうねえ」右京が気持ちを察する。「なにしろ都合六千万ものお金を集めることになるわけですからねえ」

特命係のふたりは佳奈恵の案内で、強化ガラスで間仕切りされた見通しのいい皆藤の研究室に入った。広い部屋のところどころに組み立て中の機械のようなものが置いてある。ロボットやドローンの試作品のようだった。

亘が部屋を見回した。

「人、少なくないですか？」

「先生があんなことになってしまったので……。これまでの研究を守るためにも、わたしのほうで引き継げないか、大学側と話をしているところです」

淡々と語る佳奈恵に、亘が言った。

「まさに存続の危機ですね」

右京がパソコンの載っていない、広いデスクに目を留めた。

「皆藤教授のデスクですね」

「ええ。横領の捜査で、パソコンは持っていかれてしまいました」

「経理のデータが改竄されてしまっていた、ということでしたね」

「研究費をなにに使うかは先生の裁量で、経理データにアクセスできるのも先生だけだったんです。まさかこんなことになるなんて……」

細かいことが気になる性質《たち》の右京は、皆藤のデスクの背後に立てられた姿見が、手前に傾いていることを注意した。

「鏡が下を向いてしまっています」

「あら、本当」

佳奈恵が鏡を正面に戻していると、部屋にいた大学生が呼んだ。

「高瀬先生、お電話です」

「ちょっと失礼します」

佳奈恵が電話を受けにいく。

「なんか大変そうですね」

「ええ」

亘のひと言に右京が同意したとき、ふたりの足元で機械音がした。キャタピラで床を這《は》うロボットが近づいてきたのだ。

右京がロボットを持ち上げた。

「おや。君、大丈夫ですか？」

ロボットが答えた。

「こんにちは。僕、アポロです」

「しゃべった……」

亘は目を瞠《みは》ったが、右京は平然としていた。

「はじめまして、杉下です」

「しゃべり返した……」

亘が上司の振る舞いに呆れた。ロボットが右京に言い返す。

「はじめまして、スギシタ。もう下ろせ」

「おやおや。これは失礼」

右京が慌てて床に下ろすと、アポロは逃げるように去っていった。

「なかなか生意気ですねえ」

右京のことばを聞いて、松葉杖を突いた岡田《おかだ》という名の男性の研究員が声をかけてきた。

「あれ、見守りロボットっていうんですよ」

「見守りロボット？」

訊き返す亘に、岡田が説明する。

「お子さんが小さい家とか、介護が必要な家族がいる家とか、外出している間が心配でしょ？　だから、出先からいつでも家のようすを見守れるように作ったんです」

アポロは部屋から外に出ようとして、ドアにぶつかった、金子《かねこ》という女性の研究員がドアを開けて出してやった。

右京がうなずいた。

「聞いたことがあります。数年後には見守るだけでなく、実際に家事や介護を外出先からできるようになるそうですね」

「ええ。今は試作段階で」

亘は岡田の左足のギプスを気にした。

「あの、その怪我《けが》、どうしたんです？」

「呪いですよ」

「呪い？」

「駅の階段から落ちたんです」

岡田のぼやきを受けて、金子が言った。

「この研究室、ここ三カ月ほど、呪いが続いてるんですよ」

「そんな非科学的なこと、言ってていいんですか？」

笑う亘に、金子が指を折りながら説明した。

「いやいや、聞いてくださいよ。まずは、雑誌に掲載されるはずだった先生のインタビュー記事が差し替えられて、企業からの支援金が急に打ち切られて、そして、あの横領事件が起きて……」

岡田が金子の説明を継ぐ。

「僕が怪我したあとに、鈴木《すずき》という研究員がストーカー被害に遭って辞めてしまったし。それに、あの保釈金強奪」

うんざり顔の岡田に、右京が問う。

「ちなみに、その研究支援を打ち切った企業というのは？」

「〈ライフケアテクノロジー〉っていう会社です」

「どんな会社です？」

亘の質問に答えながら、金子がパンフレットを渡す。

「医療機器メーカーです。うちの技術が使われてるんで、年間十二億円ほど」

「十二億ですか。差し替えられたインタビュー記事の内容についてもご存じですか？」

右京が訊いたが、金子は首をひねった。

「さあ……取材した『週刊真相』の記者さんも、次の機会には載せるって言ってましたけど。先生がこんな状態だったらね……」

雑誌の名前に亘が反応する。

「『週刊真相』？　その記者の名前、わかります？」

「ああ……この方です」

岡田が差し出した名刺には亘の旧友の名前があった。

——桝本修一

右京と亘は特命係の小部屋に戻り、〈東修大学〉の研究室で聞いた話を検討していた。

右京がパソコンで防犯カメラの映像を見せた。岡田が駅の階段から落ちたときの映像だった。階段の下で痛がる岡田の周りに、心配した通行人たちが次々と駆け寄ってくる。

「突き落とされる瞬間は映っていませんが、研究員の岡田さんの怪我は事故ではない可能性があります。この男、なにするでもなく、ただ見ているだけです」

右京が階段の中ほどでじっとたたずんで岡田のほうを見下ろしている、黒いニット帽を被《かぶ》り、パーカーを着た男を指した。

「ああ、気になりますね」

「それからもうひとり、ストーカー被害に遭って辞めてしまった鈴木さんという研究員ですが……」

右京が別の防犯カメラの映像に切り換えた。鈴木が自転車で巡回中の巡査を捕まえ、なにごとかを訴えている映像だった。少し離れたところから、ひとりの男が急ぎ足で立ち去っていく。

亘が気づいた。

「あっ、この男……」

「ええ、同じ男です。先ほどと」

「ふたつの災難には繋《つな》がりが……」

「そればかりか、この三カ月の災難は偶然ではなく、意図的に仕組まれたものかもしれませんよ」

その夜、サイバーセキュリティ対策本部の青木《あおき》年男《としお》がタブレット端末を手に、憤然とした面持ちで特命係の小部屋に入ってきた。青木がトイレの個室に入っているときに、亘から電話がかかってきて呼び出されたのだから無理もなかった。

「男の身元はわかりませんでした」

早々に結論を述べる青木に、亘がけちをつける。

「お前、本気で調べたの？」

「忙しいなか、やってあげてるんですよ、こっちだって」

「君のことです。もちろんそれだけということはありませんよね」

右京が持ち上げると、青木は機嫌を直してタブレットに映像を表示した。

「身元はわかりませんでしたが、研究員の転落現場から各所の防犯カメラを伝って男の足取りを調べたところ、転落現場に来る前は中央区にある〈板越《いたごし》第一ビル〉にいました。そこから出てきて、転落現場に居合わせたあと、また〈板越第一ビル〉に戻ってます」

たしかに黒いニット帽を被り、パーカーを着た男がビルに出入りしていた。

「このビルになにがあるの？」

気軽に質問する亘に、青木がキレる。

「そんなことくらい、そっちで調べてくださいよ」

右京は画面をピンチアウトし、〈板越第一ビル〉のテナント名が並んでいるプレートを拡大した。

「やはり……」

亘が覗き込む。五階から七階まで〈ライフケアテクノロジー〉という会社が入っていた。

「〈ライフケアテクノロジー〉って、たしか……」

「ええ。皆藤教授の研究支援をしていた会社ですね」

右京の眼鏡の奥の瞳が輝きを増した。

三

翌日、亘は桝本修一に喫茶店まで呼び出された。

「で、どうなった？　盗まれた保釈金は見つかったのか？」

コーヒーが運ばれてくるなり、桝本が身を乗り出した。

「いや、まだ」

「犯人は？　目星くらいついてんだろ？」

探りを入れる桝本の前に、亘が名刺を差し出した。

「調べてたら、皆藤教授のところにこれが。教授のインタビュー記事を書いたの、お前だよな？　スクープが入って、結局掲載されなかったそうだけど。その差し替えられたスクープ記事っていうのはどれだ？」

亘がその号の『週刊真相』を取り出すと、桝本は不機嫌そうにひとつの見出しを指した。

「これだよ」

「女子アナの密会……」

「真面目な記事より、そっちのほうが売れる」

亘がその記事のページを開いた。見開き二ページの扱いだった。

「スクープなのに、この二ページだけ？」

「知らないよ。決めるのは編集長だ」

亘が雑誌のページをめくった。

「実際はこの広告ページなんじゃないの？　雑誌の真ん中に四ページにわたって自社広告ばかり続いてる。不自然だよな。代わりの記事を用意できないほど、急な差し替えだった。差し替えられた理由は？」

桝本が煙草《たばこ》を取り出し、火をつける。

「それと今回のこととは別だろ」

「インタビュー記事に関わってたお前が、俺を使ってまで皆藤教授の保釈状況を知りたがってる。しかも、教授と面識があることは黙ってた。なにかあると思うのが普通じゃないか」

「まるで取り調べだな。なにかあるならお前に会ったりしない。もう行くわ。進展があったらまた教えてくれ」

桝本は煙草を消すと、コーヒーには口もつけずにそそくさと出ていった。亘は桝本の背中を見送りながら、隣のテーブルに座っていた相棒に訊いた。

「どう思います？」

「同い年にはとても……」

「いや、そういうことを訊いてるんじゃなくて……」

右京がまじめに答える。

「彼がなにかを隠しているのはたしかなようです。記事が差し替えられた理由が気になりますねえ」

右京と亘はその後、〈板越第一ビル〉へ行き、〈ライフケアテクノロジー〉を訪問した。応対したのは社長の三島《みしま》だった。

「いやいや、警察の方と聞いて驚きました。どうぞ」

お茶を出す三島は妙に腰が低かった。亘が〈板越第一ビル〉から出てくる黒いニット帽の男の写真を応接テーブルの上に出した。

「ある事件について調べていまして。この男に見覚えは？　以前、ここを訪ねてたようですが」

三島は右京と亘の前のソファに軽く腰を下ろし、首を傾げた。

「さあ、ちょっとわかりませんね。製品のことでご相談にいらしたのかもしれません。うちはアフターサービスに力を入れていますから」

「さまざまな大学にも研究支援をされていると聞きました」

右京が話題を変えると、三島が笑みを浮かべた。

「ええ。日本にとって技術は宝ですから」

「ですが、皆藤教授の研究室への支援は急に打ち切られたとか？」

「お恥ずかしい話、業績不振でして。経営方針を見直すことにしました。持ち直したら、また支援する気ではいたのですが……」

「それが？」亘が先を促す。

三島はソファに深く腰を沈めて、渋い表情になった。

「いや、先生が横領で捕まってしまったでしょ。うちはこれまでかなりの金額を支援してきたので、それもこれも先生が私腹を肥やすために使われていたのかと思うとね。これきり、手を引かせていただこうかと」

「たしかに、年間十二億もの支援は大変でしょうからねえ」

右京のことばに、三島が苦々しくうなずく。

「まったくです」

「なんか胡散《うさん》くさいですね」

「ええ」

亘と右京がそんな会話を交わしながらオフィスから出ると、エレベーターホールで女性の清掃員が脚立《きやたつ》に上って危なっかしげに蛍光灯を取り換えていた。

「手伝いましょうか？」

見かねた亘が申し出ると、清掃員の顔が輝いた。

「すみません。お願いしてもいいですか？」

亘が脚立に上り、難なく交換をすます。

「いいわねえ、背が高いと」

「お役に立ててなによりです」と右京。「オフィスの中もあなたが清掃を？」

「ええ。平日は毎日」

「どうりで、隅々までピカピカでした。では、三島社長も感謝しているでしょうね」

右京が感心してみせると、清掃員は顔をしかめた。

「あの人が？　挨拶しても、返事もしないような人なのよ」

脚立から下りてきた亘が、黒いニット帽の男の写真を取り出した。

「この人って、この会社の人ですかね？」

「いいえ。この人は社長さんのとこによく見えるお客さんで、たしか武田《たけだ》さんと呼ばれていました。なんだかいつも感じが悪いんですよ。この人、なんかあったんですか？」

「いえいえ、特になにかあったわけではないんですがね。どうもご親切にありがとうございました」

右京が深々と腰を折ると、清掃員は笑顔で見送った。

「いえいえ。ありがとうございます」

階段を下りながら、亘がつぶやく。

「あの、狸親父……」

「しかし、これではっきりしました」右京が確信した。「研究室の一連の災難には、やはり繋がりがあったんです」

特命係の小部屋に戻ったふたりは、ホワイトボードに関係者の顔写真を貼り、人物相関図を作って、事件を検討した。

右京が相関図を見ながら説明する。

「災難のはじまりは、三カ月前のインタビュー記事です。おそらく、皆藤教授はそれがもとで脅迫されることになった」

「つまり、〈ライフケアテクノロジー〉にとって、そのインタビュー記事は表に出たらやばいもの……」

右京はその答えを用意していた。

「ええ。おそらく記事の内容はなんらかの告発でしょう」

「だから、記事は圧力をかけられて潰された……」

「それでも、皆藤教授は告発を諦めなかったのでしょう」右京がホワイトボードの「支援金打ち切り」「転落事故」「ストーカー被害」の文字を丸で囲んだ。「脅迫はエスカレートしていき、これらのことが立て続けに起き、研究も研究員も危険にさらされてしまった」

亘が疑惑を口にする。

「ひょっとして横領事件や保釈金強奪も、〈ライフケアテクノロジー〉によって仕組まれた？」

「もし横領が皆藤教授を檻《おり》の中に閉じ込めておくためだったとしたら、保釈金が盗まれたのも単なる金目当てではなく、教授が外に出るのを阻むためだったと考えられます」

右京が推理を働かせる。

「強奪事件が起きたときの状況を考えてみてください。強奪犯グループは、保釈金を運ぶ車をピンポイントで待ち伏せしていました。彼らには、あの時間、あの道をあの車が通るという確信があった。つまり、内情に通じる人物が情報を与えていた可能性があります」

亘が右京の言いたいことを整理した。

「この一連の事件には、誰か皆藤教授の身近な人物が関わっている」

「そういうことになりますねえ」

桝本は喫茶店で、ノートパソコンを眺めていた。亡き妻が外国人の子供たちと一緒に微笑む写真がディスプレイに映っている。

と、突然背後から亘が現れた。

「進展があった」

桝本が慌てて、パソコンを閉じる。亘は桝本の前に座った。隣には桝本の知らない、仕立てのよいスーツをきちんと着こなした眼鏡の男が座った。もちろん右京だった。

「びっくりさせんなよ。そちらは？」

「俺の上司」

右京が名乗った。

「杉下と申します」

「で、なんだ？　犯人が捕まったのか？」

　桝本が身を乗り出すと、亘が言った。

「皆藤教授は告発しようとしていた。違うか？」

　亘は桝本のわずかな顔色の変化を読んだ。

「やっぱりな。インタビュー記事が急に差し替えられたのは、それが世に出たら立場が悪くなる連中がいるからだ。たとえば、〈ライフケアテクノロジー〉とか。だから、圧力をかけられて記事は潰された。いや、お前は自分に危害が及ぶのを恐れて、その圧力に屈したんじゃないか？」

「ちょっと待てよ……」

　桝本は抗弁しようとしたが、亘は決めつけた。

「お前は皆藤教授を裏切り、その後も〈ライフケアテクノロジー〉に教授の情報を流し続けてる」

「ふざけるな」

「本当のことを言え。俺だって、疑いたくない」

　桝本は取り合わなかった。

「お前のとんだ見当違いだ」

　右京が急に話題を変えた。

「素敵な方ですねえ」

「はい？」

戸惑う桝本に、右京がパソコンを示して説明する。

「先ほど、ご覧になっていた写真の女性、奥様でしょうか？　すみません、目に入ったもので」

「関係ないでしょ」

桝本は話を打ち切ろうとしたが、右京は食い下がった。

「おや？　なにか隠す理由でも？」

亘が好奇心旺盛な上司を制した。

「右京さん……」


喫茶店を出て車へ向かいながら、亘が右京に言った。

「あいつ、去年、奥さんを事故で亡くしてるんです。まあ、俺も聞いたばっかりなんですけどね」

「それはお気の毒ですねえ。まあ、ひと口に事故といってもいろいろありますが。交通事故であったり、海で溺れたり、山で滑落したりすることも。奥様の場合は、どういった類いの事故で？」

「知りません」

亘は無下に言い切って車の運転席に座った。右京は不思議そうな顔をして、助手席に乗り込む。

「訊かなかったのですか？」

「訊けるわけないじゃないですか」

「なぜ？」

「なぜって……」亘は一瞬絶句したが、右京攻略の妙手を見つけた。「じゃあ、右京さんはなんで離婚したんです？」

「複雑な事情ですよ……」

「ほら。言いたくないことだってあるんですよ」

「隠してるわけじゃありませんよ。少し時間をもらえれば、僕だって説明しますが。離婚の原因は日々の積み重ね。ひと言では言えませんが、死因はひと言で言えるじゃありませんか」

変わり者の警部が言い募る。

「ときどき右京さんがわからなくなりますね」

「意地悪で訊いているのではないんですがねえ。あっ、ところで奥様はボランティアでもされていたのでしょうか？」変わり者の警部は細かいところまで見逃さなかった。

「あの写真の場所、観光で行くようなところではありませんでした。後ろにサルウィンの国旗が」

「サルウィン？」

「ええ。あの国ではたびたび、テロ事件が起きています。あれも言いようによっては事故でしょうかねえ？」

亘はようやく右京の言いたいことがわかった。


その夜、右京が特命係の小部屋で紅茶を淹《い》れていると、亘が戻ってきた。

「右京さんの読み、当たってました」

「そうでしたか」

亘がタブレット端末で、前年の十一月五日の新聞記事を開いた。サルウィン共和国の難民キャンプで二日前に発生した爆弾テロで、九名が死亡したと報じていた。

「彼女、去年サルウィンのテロ事件で亡くなっています。NGOの活動に参加していて、事件に遭ったようです」犠牲者として三人の日本人の顔写真が出ていた。亘はそのうち真ん中の眼鏡をかけた四十歳くらいの女性を指差した。「佐久間《さくま》美佳さん。桝本の奥さんです」

残りのふたりは島村洋子《しまむらようこ》という若い女性と北沢聡《きたざわさとし》という快活そうな男性だった。

「別姓ということは、事実婚だったわけですね」

「当時、ニュースで目にしてたけど気づかなかった。事故って、まさかこんなことだなんて……」

肩を落とす亘を右京が慰める。

「日本に生まれて、テロや戦争で命を落とすなど、普通は想像できませんからねえ」

右京はそのテロ事件もよく記憶していた。

「難民キャンプの慰問に来ていた要人を狙った爆弾テロでした。その爆破によって、なんの罪もない市民や幼い命、日本人三名が巻き込まれてしまった。痛ましい事件でした」

「言ってくれりゃ、力になれたかもしれないのに……なんでこの間も言ってくれなかったんだ……」

自責の念に駆られる亘に、右京が謎めいたひと言を投げかけた。

「桝本さんは、君に知られたくなかったのかもしれませんねえ」


同じ夜、〈東修大学〉の皆藤の研究室に桝本の姿があった。

「準備のほうは?」

訊かれた高瀬佳奈恵が淡々と答える。

「問題ありません」

「じゃあ、このまま計画通りに」

「わかりました」

「誰にも邪魔はさせない」

　桝本が決然と言った。

四

　翌朝、右京と亘は東京拘置所の面会受付にいた。右京が記入台のところで、面会受付票に面会者の個人情報と面会相手の名前、面会目的を記入して、受付に提出する。

「よろしくお願いします」

「あちらでお待ちください」

　担当の刑務官に言われて記入台に戻った右京は、ゴミ箱から書き損じの面会受付票を拾い上げた。

「保釈金強奪の犯人グループ、捜査本部ではどの程度、目星がついているんでしょうねえ？」

　右京の質問に、亘が答える。

「青木によると、過去の手口と照らし合わせて、三つのグループまで絞り込んだとか」

「その中に捕まっているメンバーはいないのでしょうか？」

「どういうことです？」

右京が書き損じの受付票を亘に渡す。

「皆藤教授の身近にいる人物と強奪犯グループの接点ですよ」

亘は受付票に目を落とし、「そういうことですか」と右京の意図を理解した。

「ええ。そういうことですよ」

「あとで調べておきます」

亘が受付票をゴミ箱に投げ戻した。


接見室に通された右京は、アクリル板越しに皆藤に向かって口火を切った。

「あなたが取っている不可解な行動の意味が、少しずつですが見えてきました」

「私の？　保釈金強奪の犯人を捜してるんじゃ？」

「どうやらこの事件、あなたについて知ることが犯人に繋がるみたいです。教えてくれませんか？　あなたが『週刊真相』のインタビュー記事でなにを告発しようとしていたのか」

亘の要請に、皆藤は薄く笑った。

「告発？」

「そのことで脅迫されてるのは知ってます。支援金も打ち切られ、研究員も傷つけられた。信じて話してください」

亘が攻め込んだが、皆藤はしらを切った。

「言ってることがわからないな」

「では、代わりに僕がお話しします」右京が推理を語る。「あなたは桝本記者と組んで、〈ライフケアテクノロジー〉に関わるなにかを告発しようとしていた。表に出れば、〈ライフケアテクノロジー〉にとっては、大損害となるなにか。彼らは焦ったのでしょうね。圧力をかけてきた。そして、記事は潰された。その桝本記者ですが、去年、サルウィンで起きたテロ事件で奥様を亡くされていたことはご存じでしたか？」

右京の推理に口も挟まず耳を傾けていた皆藤は、この質問には答えた。

「そう聞いてます」

「桝本はあなたに話したんですね。告発の内容は、そのテロに関わりのあることなんじゃないですか？」

続く亘の質問には、皆藤は無言で応じた。右京が推理を続けた。

「そうであれば、あなたを檻の中に閉じ込めておこうとした〈ライフケアテクノロジー〉の行動にも納得がいきます。あなたは、仕組まれた横領容疑で捕まってしまった。あえて身に覚えのない罪をお認めになったのは、一日も早く保釈されるためなのではありませんか？　あなたはもう一度告発のチャンスを得るために、ここから出ようとしている」

皆藤は右京の話を聞いたあと、刑務官に「終わりました」と告げ、立ち上がった。一方的に面会を打ち切って立ち去ろうとする皆藤の背中に、右京が呼びかけた。

「ひとつ、ご忠告しておきましょう。あなたのごく身近にいる人物が、その計画を阻もうとしているようです」


警視庁に設けられた捜査本部のホワイトボードには、現金強奪犯グループの被疑者かもしれない人物の顔写真が何枚も貼られていた。すでに容疑が晴れた者については、写真に×印がつけられている。

捜査本部にふらっと入ってきた亘がその写真に目を走らせていると、伊丹が駆け寄ってきてホワイトボードを裏返した。

「おい、コラ。特命係に渡す情報なんてなにもねえぞ」

「ギブ・アンド・テイクでいきましょう」

亘が持ちかける。

「ギブできるもんがあんのか？」

「教えてくれたら、教えます」

ポーカーフェイスで答える亘に、芹沢が食いついた。

「なに知ってんの？」

伊丹が後輩を止める。

「相手にするな。だいたい、教えを請う態度じゃねえんだよ」

亘ははったりをかけた。

「このままちまちま捜査続けたいっていうんなら、いいですけどね。上は速やかに解決を望んでるようですよ、伊丹くん、芹沢くん」

「ほぼ脅迫じゃねえか……」

「どこがギブ・アンド・テイクだよ」

伊丹と芹沢が諦めると、亘はホワイトボードを元に戻した。そして、ひとりの男の写真に目をつけた。添え書きにはこうあった。

——井上輝男《いのうえてるお》（四十八）未決
「未決……。この男はまだ東京拘置所に？」

亘が訊くと、伊丹が投げやりに「だろうな」と答えた。

「どうもありがとう」

礼を述べて去っていく亘に、伊丹が叫んだ。

「コラ、冠城亘！　ギブは？」

特命係の小部屋では、右京が事件の人物相関図を眺めていた、そこへ亘が入ってきた。

「わかりました。強奪犯グループの中の井上輝男という男が捕まって、東京拘置所に収容されてます。弁護士以外で面会に来てたのは、谷口雅也《たにぐちまさや》という男だけでした」

亘が差し出した面会受付票を右京が覗き込んだ。

「九月十一日、午後二時四十三分ですか……」

亘がさらにもう一枚、面会受付票を取り出した。

「法務省に調べてもらったら、同じタイミングで皆藤教授の身近な人物が。高瀬准教授が同じ日の午後二時四十四分に来ていました」

「やはり接点がありましたか」

「ここですれ違ったのは偶然だと思いますが、この谷口という男は見るからに堅気じゃありません」亘が今度は谷口の写真を取り出した。「東京拘置所の受付で谷口を見かけた高瀬准教授は、何者だろうと思って、面会受付票を見たんでしょう。名前を検索すれば、この井上輝男が強盗犯だったことがわかります。谷口も同類だと思い、声をかけた。あの保釈金強奪は谷口と共謀した高瀬准教授の自作自演だった」

亘の推理を右京が認めた。

「被害者になれば疑われないと思ったのでしょう」

亘が補足する。

「きっと、皆藤教授の告発を止めてくれたら便宜を図ってやるとでも、〈ライフケアテクノロジー〉に持ちかけられたんでしょう。高瀬さん、教授の研究を自分のものにしたかったんじゃ……」

「そうかもしれませんねえ。行きましょう」右京が部屋を飛び出す。「ところで、谷口のことは伊丹さんたちにはもう？」

「もちろん。法務省の確認が取れてすぐ伝えました。まあ、ギブ・アンド・テイクが俺の信条ですから」

亘は右京を追いながら、ぬけぬけと言った。


その頃、伊丹と芹沢を含む捜査一課の捜査員たちが谷口のアパートに踏みこんでいた。しかし、すでにアパートはもぬけの殻となっていた。鴨居が持っていたアタッシェケースはあったが、中に三千万円は入っていなかった。

「クソッ、どこ行った！」伊丹が舌打ちする。

「とんずらかよ！」芹沢も悔しがる。

伊丹がスマホを取り出した。

「警察の情報網、なめんなよ！」

要請を受けた青木は、谷口のアパートを捜索中の伊丹に、調べた結果をすぐに伝えた。

——Nシステムで追跡したところ、十分前に桐谷《きりたに》インターで高速を降りてます。

「桐谷インター？」

訊き返す伊丹に、芹沢が告げる。

「〈東修大学〉の近くですね。ひょっとして、准教授の高瀬佳奈恵と落ち合うつもりで戻ってきたんじゃないですか？」

「だが、危険を冒してまで、わざわざ迎えに戻る必要あるか？」

「でも、他に理由あります？」

「ともかく緊急配備だ！」

「はい！」

捜査員たちが走り去っていく。伊丹と芹沢も谷口の部屋から出ていった。

警視庁の会議室では、青木が伊丹のスマホにむなしく話しかけていた。

——伊丹さん、ありがとうとかないんですか？　聞いてます？

谷口たち現金強奪犯の三人が〈東修大学〉に行ったのには理由があった。佳奈恵と鴨居から奪ったアタッシェケースを開けてみると、中には三千万円の現金ではなく、漫画雑誌がぎっしり詰まっていたのだ。まんまと謀《たばか》られたことを知り、佳奈恵から現金を奪うために、車を飛ばして駆けつけたのだった。

大学に着いたとき、ちょうど佳奈恵が大きなバッグを抱えて車に乗り込むところだった。

「待てっつってんだろ、コラ！」

谷口が佳奈恵に駆け寄り、バッグを奪い取ろうとする。と、バッグのファスナーが開き、大量の紙幣が地面に散らばった。

頭に血が上った谷口が佳奈恵の額に特殊警棒を振り下ろす。一撃で佳奈恵は地面に倒れ込んだ。

谷口たちが紙幣を集めているところに、右京と亘が現れた。続いて伊丹や芹沢たちがやってきた。強奪犯の三人はその場であえなく取り押さえられた。

右京は地面に横たわる佳奈恵に駆け寄った。こめかみから出血が認められ、名前を呼んでも反応がなかった。

「冠城くん、救急車」

「はい」

亘が急いで一一九番通報した。


その夜、谷口は警視庁の取調室で、伊丹と芹沢から取り調べを受けた。谷口は自分が二度も意識を奪った相手の名前を知らなかった。

「はあ？　高瀬佳奈恵？」

「はあ、じゃねえだろ！」伊丹が吠《ほ》える。「お前が半殺しにした相手だよ」

「名前は知らない」

「知らない？」芹沢が訊き返す。

「いきなり電話がかかってきた。三千万、欲しくないかって。だから、仲間に声かけて、言われた通りの場所で待ち伏せしただけだよ」

「面識ないってこと？」芹沢が確認する。

伊丹は呆れた口ぶりで言った。

「それでよく計画に乗ったな」

「いや、胡散くさいと思ったよ。そしたら向こうは最初に百万円を準備金で渡すって言いやがったんだよ。冗談かと思ったら、本当に百万入った袋を置いてった。念のため、仲間に後をつけさせた。そしたら、あの大学で働いてるのがわかったんだよ」

「高瀬佳奈恵は、犯行の動機を教授への恨みだって？」

芹沢の質問に、谷口がうなずく。

「言った。それで信用したわけ」

「ところが、まんまと騙《だま》されたわけだ」

伊丹がせせら笑うと、谷口が怒りを募らせた。

「なめやがって、あの女！　ぶっ殺さなきゃ気が済まねえよ！」

「おい、お前、まったく反省してないな」

芹沢のことばに、谷口が開き直る。

「一番悪いのはあの女だろ？　いや、俺じゃねえっすよ！」

隣の部屋からマジックミラー越しに、右京がこの取り調べのようすを見ていた。

五

翌朝、伊丹と芹沢は高瀬佳奈恵が救急搬送された病院を訪れた。病室に行くと、佳奈恵は頭に包帯を巻き、顔色は青ざめていたが、意識ははっきりしていた。

伊丹が保釈金強奪事件のからくりを暴く。

「すでに調べはついてる。盗んだ三千万は、そもそも車に乗り込む前にすり替えてたんだな？　事務所を出るときに鳴ったという例の電話は、あなた自身がかけたものだったんだろ？」

佳奈恵は鴨居弁護士と事務所を出るとき、素知らぬ顔でポケットの中の携帯電話を操作し、事務所のデスクの電話を鳴らしたのだ。

芹沢があとを継ぐ。

「かけられた電話番号は架空名義でした。飛ばしの携帯、使ったんでしょ？　先に駐車場に向かったあなたは、鴨居弁護士が来る前にアタッシェケースの中身を漫画雑誌に詰め替えた」

　佳奈恵は漫画を詰めたアタッシェケースを車の後部座席に置き、紙袋に詰めた三千万円を駐車場の物陰に隠したのだった。

　佳奈恵が生気のない顔で謝罪を口にした。

「申し訳なく思っています。鴨居さんにも……。本当にすみませんでした……」


　右京は特命係の小部屋のキャビネットの中に、ティーカップとソーサーを十客近くしまっていた。その日の気分によってカップを使い分けるのだ。右京がカップを選んでいるところへ、亘が登庁してきた。

「おはようございます」

　右京は振り向くことなく、また腕時計を見ることもなく、「三十三分と十二秒の遅刻です」と指摘した。

「えっ？　背中に目でもついてるんですか？」

　右京が種明かしをする。

「ついていれば便利ですがね。キャビネットのガラスに時計が反射しているだけです」

そのとき右京はあることが閃《ひらめ》いた。

「反射……。なるほど、ちょっと確かめたいことがあります」

右京がカップをキャビネットに戻し、亘と一緒に部屋を出ようとしたとき、マイマグカップを持った角田が入ってきた。

「おい！　暇……じゃないらしいね」

すれ違いざま、亘が角田の耳にささやく。

「反射」

「ハンシャ？」

角田が狐につままれたような顔になった。


右京と亘が訪ねたのは〈東修大学〉の皆藤研究室だった。右京は皆藤のデスクの背後の姿見の前に立ち、鏡の角度を下向きにずらした。

「先日、こちらにうかがったときから、この鏡が気になっていました。角度は……これぐらいでしたかね？」

「そんなもんですね」

亘が記憶と照合して同意すると、右京が研究員の岡田に声をかけた。

「すみませんが、アポロくんを呼んでいただけますか？」

要請に応じて、岡田がスマホのアプリを使ってアポロを呼ぶ。まもなくキャタピラを駆使してアポロが右京のもとへやってきた。

「こんにちは」

「また来たか、スギシタ」

アポロは相変わらず生意気だった。

右京はアポロが記録している画像を見たいと要求した。研究員の金子がアポロをパソコンにつなぎ、アポロの視点で撮られた映像を表示する。

「三カ月ほど前に戻して見せていただけますか?」

アポロの記録した動画がパソコン上で再生される。いまよりもたくさんの研究員たちがいて、思い思いにアポロに話しかけている。

「ずいぶん可愛がられていますねえ」

「まるでペットですね」

右京と亘が感想を述べると、岡田が「そうなんですよ」と笑った。

金子がさらに動画を進める。皆藤のパソコンが映ったところで、右京がストップの指示を出した。

「ああ、そこ」

そのときアポロは皆藤のデスクの下に来ていた。アポロは正面を向いていたのだが、目の前に下向きに傾いた鏡があり、その鏡に皆藤のデスクが映り込んでいた。皆藤はちょうどパソコンにパスワードを打ち込もうとしていた。

「このアポロくんの映像に、高瀬さんが最後にアクセスしたのはいつでしょう？」

右京の質問に、金子が即答する。

「八月の八日ですね」

「二カ月半前……横領が発覚する直前ですね」

研究室から出たところで、亘が感心したように言った。

「あれじゃ、皆藤教授はパスワードを盗まれたことすら気づいてないでしょうね」

右京がうなずき、推理を披露した。

「後ろに人がいたならば、当然警戒して、パスワードは打ち込みませんよ。ところが、アポロくんにはさすがの教授も気を許してしまっていた。あの鏡は不自然な角度で下に向けられていました。高瀬さんが角度を計算して変えておいたのでしょう。まさにアポロくんだけが見ることができるように……」

右京が推理を続ける。

「そして、盗んだパスワードで経理のデータにアクセスし、数字を書き換え、皆藤教授が研究費を横領しているかのように見せかけ、さらに仕上げに、教授が不正をしているという文書を、大学事務局宛てに出した」

亘が事件の構図をまとめる。

「つまり、彼女は〈ライフケアテクノロジー〉に加担して、皆藤教授を横領で陥れ、さらには保釈金強奪まで仕組んで、教授を檻の中に閉じ込めた……」

「おそらく」

「にしても、ずいぶん危ない橋を渡ってますね。実際、あんな目にまで遭っているわけですし。それだけ、〈ライフケアテクノロジー〉からの見返りが大きいってことなんでしょうかね？」

亘の呈した疑問に、右京は「ええ」と同意した。

「僕もそれが気になってました」


翌日、中園は警視庁の一室に弁護士の鴨居辰彦を呼び出した。鴨居はまだ頭に包帯を巻いており、気分がすぐれないようすだった。

中園はそんな鴨居の気持ちも考えずに言った。

「いやあ、鴨居さん、元気そうでよかった」

「はあ……」

中園が満面の笑みを浮かべて、デスクの上に札束を置いた。

「無事、調べは済みましたんでね。間違いなく先日盗まれた保釈金三千万であることの確認が取れましたので、お返しいたします」

「どうも……」

複雑な気持ちで頭を下げる鴨居を尻目に、中園はひとりで悦に入っていた。

「いやあ、速やかに解決できてよかった」


保釈金が支払われ、皆藤武雄は保釈された。久しぶりに研究室に足を踏み入れた皆藤を最初に迎えてくれたのはアポロだった。

「久しぶり、教授」

皆藤がアポロを持ち上げる。

「ああ、アポロ、元気にしてたか？」

そこへ右京がやってきた。

「やはり、こちらでしたか。もうお聞きだと思いますが、あなたの保釈金を盗んだのは高瀬准教授でした」

「そのようだね」

「研究費の横領も彼女が仕組んだことのようです。アポロくんを使って、あなたのパスワードを盗み出していたんです。どうやら彼女は〈ライフケアテクノロジー〉と組んで、あなたを檻の中に閉じ込めておこうとした」

「なるほど」

淡々と受け答える皆藤に、右京が言った。

「おや、驚きませんか？　ずっとそばにいた人に裏切られたというのに」

「高瀬のことなら、よく知っている」

右京が手を背中で組んで、部屋の中を歩く。

「これは僕の直感なんですがね、おふたりはお付き合いなさっていたのではありませんか？」

「ずいぶん若い頃の話だよ」

皆藤は認めたが、顔色ひとつ変えなかった。右京が続ける。

「ですが結局、あなたは研究を取った。ならばせめて仕事上のパートナーになりたいと彼女は思った。その思いを知った上で、あなたはこの二十年、高瀬さんと仕事を共にしてきたのでしょう」

「研究には必要な人材だった」

「なるほど。では、〈ライフケアテクノロジー〉を告発しようとしているのは、ご自身の研究のためですか？　それとも……」

皆藤が右京を遮った。

「杉下くん、君がどう思ってるか知らないけどね、これでも私は、技術は人を幸福にする、その一念でやってきたんだ。高瀬に会うことがあったら、伝えておいてくれないか？」

「ええ。なんでしょう？」

「申し訳ないと……」

皆藤はそう言い残し、研究室から立ち去った。


亘はその頃、桝本が通っている喫茶店を訪れていた。亘が着いたとき、桝本はいつもの席で、物思いにふけっていた。

「他の記者はみんな、東京拘置所に集まってたぞ。あれだけ皆藤教授の保釈を気にしてたお前が行かないなんておかしい」

桝本はテーブルの上に置いていたパソコンを鞄《かばん》にしまった。

「もう興味がない」

「本当か？」

「はあ？」

「ガキの頃、なにかあると、いつも俺のところに相談に来たよな。なにか抱え込んでるものがあるから、あの日も、俺のところへ来たんじゃないのか？」

桝本は無言で小銭をテーブルの上に置き、鞄を持って立ち上がった。亘が桝本の腕を取った。

「桝本!」

「放してくれ」

桝本が硬い表情でつぶやき、亘は手を放した。桝本は振り返りもせずに店から出ていった。


右京は佳奈恵の病室へやってきた。ベッドに横たわる佳奈恵に、右京が立ったまま告げた。

「皆藤教授とお会いしてきました」

「もう保釈を?」

「ええ。先ほど」

「どんなようすでしたか?」

「伝言を頼まれています。あなたにひと言、申し訳ないと」

佳奈恵はなにも言い返さなかった。右京が自分の考えを佳奈恵にぶつけた。

「保釈金強奪だけでなく、皆藤教授の横領を仕組んだのもあなただということはわかっています。あなたは〈ライフケアテクノロジー〉に便宜を図ってもらう代わりに、皆藤教授を檻の中に閉じ込めておく手伝いをしたのではありませんか?」

佳奈恵は口をつぐんだままだった。右京はベッドサイドの椅子に腰を下ろした。

「もしかすると、それは科学者としてだけではなく、ひとりの女性としての感情も潜んでいたのでしょうか」

佳奈恵は相変わらず押し黙って、なにも言い返さなかった。

「肯定も否定もされないのですね」

右京のことばを受け、佳奈恵が表情を変えずにぽつんと言った。

「あなたはまるでわかっていません」

「どういう意味でしょう？」

いくら待っても答えは返ってこなかった。

六

その夜、桝本はある人物と会うために、ビジネスホテルの一室を訪問した。ノックする前にドアを開けたのは、皆藤だった。

皆藤は桝本を部屋に招き入れ、赤ワインのコルクを抜いた。ふたりはしばらく無言でワインを飲んでいたが、やがて桝本が口を開いた。

「実は高瀬さんが……」

「聞いた。当然、彼女ならばそうするだろうと気づくべきだった」

「ええ」

皆藤がぼそっと言った。

「長い道のりだったな……」

「いいんですね、本当に？」

「君こそ、いいのか？」

「はじまりは俺ですから」

桝本の脳裏にいろいろな思い出が去来した。一年前、サルウィン共和国で受け取った小箱の中に、焼けただれた眼鏡のフレームと煤《すす》まみれの結婚指輪が入っており、それだけが佐久間美佳の遺品だったと知ったときの底なしの喪失感。失意のなか、美佳が命を落としたサルウィンの難民キャンプを訪れ、花を手向けたときの言い知れぬ絶望感。たどたどしい現地語を使って、その場にいた少女から美佳の命を奪った兵器の正体を聞き出したときの全身から沸き立つような怒り……。

そして、サルウィンから帰国後、〈東修大学〉の研究室で皆藤とはじめて会ったときの会話は一言一句鮮明に記憶していた。桝本は皆藤のデスクに片手で持てるほど小さなドローンを置き、言い放った。

「ドローン爆弾……これ、あなたが開発した技術ですよね？　日本の科学者には戦後、軍事目的の研究はおこなわないという誓いがあるはず。それを破って、あなたは軍事のために研究をしてる！」

　桝本が責任を追及すると、皆藤は「そんなことは……」と目を瞠った。

「認めろよ！」桝本は大声で訴えた。「あんたのせいで美佳たちは死んだんだ！」

　しかし、皆藤は「本当に知らなかったんだ！」と主張した。

　桝本は皆藤のデスクをどんと叩き、「まだ言い逃れする気ですか？」と迫った。

　そのとき皆藤は小型ドローンを手に取り、こう答えたのだった。

「いや、違う。これはたしかに私の技術だ。私が生んだ技術で人が殺されたのなら、当然責任を取らねば……。だがその前に、真実が知りたい」と。

　そして、皆藤と一緒に〈ライフケアテクノロジー〉を訪ねたが、社長の三島に巧みに言い逃れされ、武田に乱暴に追い返されたときの口惜しさ。さらに、三カ月前、皆藤のインタビューで事実を明らかにしようとしたが、裏から手を回され、『週刊真相』の記事が潰されたときのショック……。

　桝本が回想を終える。

「ここまで来るのに、ずいぶん苦労しました」

「それもすべて、明日で終わりだ」

　皆藤がワインを飲み干し、ジュラルミン性のケースをテーブルに置いた。中には「東《とう》亜《あ》」という刻印の入った高性能の小型ドローン爆弾が入っていた。

その頃、特命係の小部屋では、右京と亘が今日の捜査状況を共有していた。

「まるでわかってない？」

亘が右京から聞いたことばを反復する。

「ええ。高瀬さんにそう言われてしまいました」

「まあ、俺も似たようなもんです」

亘が不首尾に終わった桝本との話し合いを振り返ったとき、青木が得意げな顔で入ってきて、ことば尻をとらえた。

「そうそう。おふたりはまるでわかってませんよ、僕という人間の優秀さを」

「お前、なにしに来た？」

亘が邪険にあしらったが、青木は気にしなかった。

「例の身元不明の男、僕のプライドが許さないんで、あれからも調べてたら、成田の出入国記録でようやく素性がわかったんですよ。名前は武田和広《かずひろ》。三カ月前、サルウィンから帰国してます」

そう言って、ひとりの男の写真を差し出した。〈板越第一ビル〉に出入りしていた黒いニット帽の男と同一人物に違いなかった。

「サルウィン？」亘が関心を示す。

「あんな国に行く人、あまりいませんからね。胡散くさいと思って、裏の手使ってさらに調べたら、武田の雇い主は〈東亜ダイナミクス〉だとわかりました」

　この名前には右京が反応した。

「〈東亜ダイナミクス〉……」

　亘の口から固有名詞が衝《つ》いて出た。

「桂川宗佐《かつらがわそうすけ》……」

「あれ？　知ってるんですか？」

「以前、洞爺湖《とうやこ》で少々」

　右京の答えに、青木が眉を顰《ひそ》めた。

「洞爺湖？　ひょっとして、あの史上最低最悪の北海道のときのこと、言ってます？」

「言っています」と右京。「桂川は〈防衛技術振興協会〉の副会長で、〈東亜ダイナミクス〉の社長だった」

　青木はすでにこの会社のことも調べていた。

「〈東亜ダイナミクス〉って武器開発会社ですよね？」

「武器開発をしてる桂川が、今回の件に関わってたということは……」

　亘が言わんとすることは、右京にもわかっていた。

「ええ。おそらく君の想像通りだと思います。民生品用に生み出された技術が、軍事転用されている可能性があります」

「軍事転用？」青木が目を瞠った。「なんかやばい話してません？」

「じゃあ、桝本の奥さんが亡くなったテロ事件というのは……」

今回も右京のほうが亘の思考を先読みしていた。

「ええ。皆藤教授が開発した技術を転用した爆弾がテロに使われた……」

七

翌朝、桂川はホテルの入り口で人を待っていた。

そこへ〈ライフケアテクノロジー〉の三島が息を切らして駆け込んできた。

「桂川さん！　お待たせしてすみません」桂川が不審そうな顔をしているのにも気づかず、三島は一気にまくしたてた。「皆藤のことですよね？　横領で信用を落とした男が今さらなにを言おうと世間は耳を貸さないでしょうが、放っておくわけにもいきません」

ようやく桂川が口を開く。

「どうして君がここに？」

「はっ？」三島が当惑した顔になる。「会社のほうにあなたから連絡があったと聞いてますが……」

「いや、私では」

「えっ？　じゃあ、なんでこちらに？」

「私は片山《かたやま》先生に呼び出されて……」

「えっ？」

桂川と三島が顔を見合わせているところへ、右京がやってきた。亘も一緒だった。

「すみませんねえ。片山雛子《ひなこ》さんのお名前をお借りして、あなたを呼び出したのは我々です」

「あなたは……」

桂川は特命係のふたりと面識があった。右京が先んずる。

「ええ。以前、洞爺湖でお目にかかりました」

「あのときは、デュアルユースの必要性について興味深く拝聴しましたけど、まさかこんなやり方とは」亘は桂川に言ったあと、三島の前に一枚の紙を掲げた。〈ライフケアテクノロジー〉が支援金を出している大学名とその金額の一覧表だった。「あなたの会社は、いろんな大学や研究室に手広く研究支援されてるみたいですね」

「日本の技術を資金面で支える。それのなにがいけないんでしょうか？」

右京がその理由を述べる。

「失礼ながら、〈ライフケアテクノロジー〉にはそれほどまでの資金力はないはずですねえ。つまり、この金はどこか別の企業から出ている。しかし、その企業は表に名前を出したくない。なぜならば、その企業の目的は開発した技術を軍事転用することにあるからです」

三島と桂川が黙り込んだので、右京は一気に攻め込んだ。

「一般的に、日本の科学者は兵器の開発には協力しないというスタンスを取っています。そこで皆藤教授の場合ですがね、多額の研究支援を受ける代わりに開発した技術の一部を、〈ライフケアテクノロジー〉に譲渡していました。医療機器メーカーということで安心していたのでしょうねえ。ところが、〈ライフケアテクノロジー〉はそうやって吸い上げた最先端の技術を、桂川さんの〈東亜ダイナミクス〉に横流ししていた」

「言いがかりも甚だしい！」

語気を荒らげて言い返す三島を、亘がさらに追いつめる。

「あなたの会社は経営難のとき、〈東亜ダイナミクス〉に助けられてますよね？　それ以降、言いなりになってしまった、というところですか。皆藤教授が開発した技術はドローン爆弾に転用され、去年、あのサルウィンのテロ事件に使われた。あなた方は、この事実を必死に隠そうとしている。だから、それを暴こうとする皆藤教授と桝本記者を脅迫した」

桂川が右京に訊ねる。

「なにか証拠はあるんですか？」

「今のところ、武田という元傭兵《ようへい》の存在がわかっています。〈東亜ダイナミクス〉に雇われている男で、皆藤研究室の脅迫に関与したこともわかっています」

桂川は動じなかった。

「想像力が豊かですね。証拠は？」

「今のが、ただの想像かどうか、あなた方の反応を見ればわかります」

桂川が右京に対し、これみよがしに拍手を送った。

「なるほど。呼び出された理由がわかりました。今後、皆藤教授の身になにかあれば、真っ先に我々を疑うと、そう釘を刺しに来たというわけか……」

三島が桂川に耳打ちする。

「ということは、皆藤はまだ我々を告発しようと？」

「しつこい男だ」

右京がふたりの密談の内容に興味を抱いた。

「ひとつ、よろしいですか？　あなた方は皆藤教授の動向についてまるで関知していないようですが、高瀬佳奈恵から情報を得ていたのではありませんか？」

「高瀬？」桂川が真顔で訊き返す。

「誰ですか、その人は？」

三島の反応も芝居には見えなかった。

駐車場に戻りながら、亘が右京に訊いた。

「どういうことです？　高瀬准教授は横領の仕掛けも保釈金強奪も単独で計画したということですかね？」

「あの反応からは、そう読み取れますねえ」

「バックに巨大な力がついてると思えばこそ、あそこまで大胆な犯行もできたのかと思いましたが」

「ええ」と応じた右京の頭に、佳奈恵のことばが蘇《よみがえ》った。

——あなたはまるでわかっていません。

そのとき右京は、佳奈恵のことばの意味を知った。

「僕としたことが！　大きな勘違いをしていたようです。冠城くん、桝本さんと連絡はつきますか？」

亘がすぐに電話をかけたが、桝本は出なかった。

「今日の日付……」右京がほのめかす。

「十一月三日、あっ……」亘も気づいた。

「そう。一年前にテロのあった日です」

「じゃあ、告発は……」

状況が読めはじめた亘に、右京が断じた。

「今日、これからでしょう」

　ふたりは車に乗り込み、急いで駐車場から出ていった。


　警視庁の捜査本部は解散となった。後片付けをしていた伊丹に、亘から着信があった。

伊丹には亘が早口で伝えてくる内容が、いまひとつ理解できなかった。

「復讐《ふくしゅう》ってお前、なに言ってんだよ。おい！　おい！　切るな！　切るな！」

　しかし、亘からの電話は切れてしまった。

「切りやがった……」

　伊丹が舌打ちをしていると、芹沢がやってきた。

「なんの話ですか？」

「いや、よくわからねえが、爆弾で攻撃されるかもって」

「はあ？　どこが？」

　芹沢はいよいよ意味がわからなかった。

　右京は病院に行き、入院中の佳奈恵と面会した。

「改めて調べ直したところ、あなたは桝本記者と頻繁に連絡を取り合っていたようですね」

右京が通話記録の一覧を掲げて、続ける。

「実は、あなたも皆藤教授と桝本記者のお仲間だったんです。ですが、あなたはふたりを裏切り、皆藤教授を檻の中に閉じ込めておこうとした。なぜか？　その理由がやっとわかりました。檻の中に閉じ込めておきたいのは、邪魔な人間を排除したいときだけではありません。大事な人を危険から守ってあげたいときにも当てはまります」

佳奈恵は表情を変えることもなく、右京の話を聞いていた。


その頃、安増寺《あんぞうじ》にて、一年前にサルウィンで発生したテロ事件の慰霊式がおこなわれようとしていた。

本堂では、式に先立ち、僧侶による供養のための読経がおこなわれていた。そこへジュラルミンのケースを手にした桝本が到着した。桝本は境内でケースから小型ドローン爆弾を取り出すと、スマホのアプリで起動させた。

ドローンは青空高く飛び立った。


同じ頃、亘は『週刊真相』の編集部を訪問していた。亘が桝本の所在を尋ねると、

「今日は来てません」という答えが返ってきた。

「あいつ、どこ行った……？」

亘の独り言には焦りの色が感じられた。


右京は相変わらず病室で佳奈恵に語りかけていた。

「だから、あなたは罪を犯してまで皆藤教授の告発を止めようとした。その気持ちを知ったうえで、教授は告発を実行しようとしています。『申し訳ない』ということばは、皆藤教授の決意の表れ、そして、あなたへの別れのことばだったのですね」

佳奈恵はなおも口を閉ざしたままだった。

「皆藤教授はこれから告発のための自殺をしようとしています。別れてしまった教授の告発など、もう止める気にはなりませんか、高瀬さん？」


「サルウィン支援スタッフ追悼慰霊式」の会場は安増寺の会館ホールだった。

出席者が本堂で読経を聞いている間に、桝本は正面ステージの脇に据えつけてある大型のモニターの動作確認をしたり、会場の後方にビデオカメラを設置したりして、式のセッティングをしていた。

亘は青木から電話を受けていた。

――たった今、桝本の携帯のGPSをキャッチしました。港区桐谷橋にある安増寺です。

「サンキュー」

――NGO団体の慰霊式があるようです。午後二時から貸し切りで。

亘は腕時計に目を落とした。二時まであと数分しかなかった。


佳奈恵はベッドサイドの置時計に視線を向けた。ちょうど二時になったところだった。

「時間になりました。もうどうにもなりません」

佳奈恵が涙をこらえるように天井を見上げたとき、右京のスマホが振動した。

亘からの電話だった。

――桝本は慰霊式のおこなわれる安増寺にいるようです。万一に備え、〈東亜ダイナミクス〉には伊丹さんたちが。

「そうですか」

――『週刊真相デジタル』を見てください。

電話が切れて、メールが送られてきた。右京がリンクをクリックすると、慰霊式のもようがライブ配信されていた。右京はその画面を佳奈恵に見せた。

「おそらく皆藤教授はここにはいないでしょうね」

「どうしてそう思うんですか」

「告発のための自殺をどのようにおこなうか考えたとき、皆藤教授と桝本さんの目的を考えれば当然、テロと同じ方法のはず。ですが、人々を巻き込むようなことはしないでしょう。どこか別の場所にいます。そして、もうドローンは飛び立っているのでしょう」

右京が佳奈恵の目を正面から見つめた。

「あなたは本当にそれで後悔しないのですか？　あなたは誰よりもわかっているはずです。皆藤教授が人々の幸せのために研究を続けてきたことを。その技術で愛する人を死なせるんですか？　高瀬さん！」

佳奈恵の口から嗚咽《おえつ》が漏れた。次の瞬間、抑え込んでいた感情の堰《せき》が決壊した。

「先生を助けてください！　先生……！」

八

慰霊式の会場では、桝本がマイクの前に立っていた。

「あれから一年。皆さんのご尽力により、こうして慰霊式を執りおこなうことができました。私を含め、ここにいらっしゃる皆さんはこの一年間、やり場のない怒り、悲しみ、苦しみ、そんな単純なことばでは言い表せない感情を抱え、過ごしてきたのではないでしょうか」

そのとき、会場に亘が駆け込んできた。桝本はその姿を確認したが、口調を乱すこともなくスピーチを続けた。

「どうしてあんなことが起こったのか。私は遺族としてだけでなく、記者としてもそれを明らかにすることが自分の使命だと思いました。やっとある真相にたどり着いたんです。では、こちらをご覧ください」

桝本が大型モニターを手で示し、スマホに向かって「教授、お願いします」とささやいて、ステージの奥に下がった。亘が桝本を追って会場から姿を消したとき、大型モニターに、研究室のデスクについた皆藤の姿が映し出された。

皆藤がおもむろに話しはじめた。

——世の中には、きれいな飲み水より武器のほうが安く手に入る、そういった場所がある。

〈東亜ダイナミクス〉の社長室では、桂川と三島が『週刊真相デジタル』のライブ配信を見ていた。

「あいつら、やっぱりまだ告発しようと……」

おろおろする三島の横で、桂川が部下に鋭い声で命じた。

「武田に止めさせろ！」

そこへ伊丹と芹沢が踏み込んできた。

「警察です。急いで全社員を避難させてください」

伊丹のことばを、桂川が聞き咎める。

「はい？」

「ここが爆弾で狙われるかもしれないとの情報が」

芹沢のひと言は、桂川の頬をこわばらせた。

「爆弾？」


ライブ配信では、皆藤の話が続いていた。

――サルウィン共和国で昨年テロに遭われた人の中には、そうした場所で地道に活動をされてきた人たちもいた。その貴い命を奪ったのはテロではない。他でもない、この私です。私は〈ライフケアテクノロジー〉という医療機器メーカーに技術を渡し、研究費を得ていました。その技術は〈東亜ダイナミクス〉に横流しされ、ドローン爆弾に転用された。

そのとき皆藤が感情を露《あら》わにし、スマホを掲げた。画面はドローンを操縦するアプリになっていた。

――これさえあれば、数万キロ離れた自宅で家族と食事をしながら、街中を恋人とデートしながら、いつでも人が殺せるんです。そういう兵器を彼らはつくった。

亘は慰霊式の式場を出て、桝本を追っていた。

「桝本」

「邪魔するな！」

境内の人気《ひとけ》のない一角で、桝本が苦しそうに息を切らしながら叫んだ。

「お前……。自分も死ぬ気だな？」

「生きてることに未練はない」

桝本は捨て鉢になっていた。

右京は〈東修大学〉のキャンパスを歩いていた。そのとき、頭上を小型のドローンが飛んでいった。ダクトの通気口から建物の中に入っていくことを察知した右京は、全速力で皆藤の研究室へ急いだ。

研究室のあるフロアに到着すると、強化ガラス越しに、皆藤がビデオカメラに話しかけているのが見えた。右京が懸命にガラスを叩く。

「教授！」

皆藤は一瞬、右京のほうを見たが、ビデオカメラに向かって語り続けた。

「その爆弾はテロリストの手に流れ、罪のない命を奪った。そして今、このときにも、サルウィンで、他の紛争地域で、人々の命を奪い続けている」

このとき天井のダクトから、小型ドローン爆弾が研究室に侵入してきた。

右京はドアを開けようとしたが、電子ロックがかかっていてびくともしなかった。作戦を変更し、廊下の隅にあった配電盤ボックスを開けようと試みた。しかしロックがかかっており、開かない。右京はためらわずにそばにあった消火器を手に取り、ボックスにぶつけた。


研究室では皆藤の告発が続いていた。

「不当につくられた兵器がテロに使われているという事実を、国も〈東亜ダイナミクス〉も隠している。そうやって、これからも不都合なことを隠し続けるでしょう。だから、私はすべてをさらけ出すことに決めたんです。戦争という殺人行為に協力した科学者であるという、自戒の念を込めて」

そのとき研究室の照明が落ちた。右京がボックスを開け、ブレーカーを落としたのだった。

スマホのアプリの爆破ボタンに手をかけた桝本に、亘が語りかけた。

「美佳さんと同じように教授を死なせるのか？　お前はそんなことできる奴じゃない。だから、あの日、俺のところへ来たんだ。どっかで止めてほしくて」

桝本が一瞬怯《ひる》んだ。その隙に亘は桝本に飛びかかり、スマホを奪い取った。


電子ロックの解けた研究室に右京が入ってきた。

皆藤は「なにをしてる？　早くしろ！　ためらうな！」と叫んだが、ドローン爆弾は爆発しなかった。やがて、プロペラの回転が遅くなり、ドローンは床に落下した。

唖然《あぜん》としてドローンを拾い上げた皆藤のもとへ右京が歩み寄る。

「どうやら間に合ったようですね。告発のさなか、あなたが命を落とせば、それは告発を止めようとした者の仕業だと誰もが思います。しかも凶器がテロで使われた爆弾と同じものだとわかれば、さすがの〈東亜ダイナミクス〉もただでは済まないでしょう。桝本さんは使用された爆弾の種類も記事にするつもりでいた。まさに、あなたと桝本さんは決死の覚悟で臨んだのでしょう」

皆藤はうなだれたままだった。

「そこまでわかっていて、なぜ止めた？　私にはもう科学者を名乗る資格はない。これが私にとって最後の……科学者として最後の責務だったんだ！」

「ですが、やり方が間違っている」

「これしか方法はなかった！　大きなものを止めるには、こうやって血を流す覚悟がなければ……」

　皆藤の思い違いを正すため、右京が声を張った。

「いいですか？　すべての戦争が血を流す覚悟からはじまっています。血を流さなければ平和は実現しないと思い込んでいる人たちが、テロや戦争をはじめるんです。そして、より強力で効率のいい武器を手に入れようとする。そして、あなた方、科学者の技術が使われる。科学者の責務とおっしゃいましたね？　本来、それは技術は人を幸福にするという信念が導く未来を人々に見せ続けることではありませんか？　それこそが科学者としての責務ではありませんか？　あなた自身が信念に負けて、ここで諦めてどうするんですか！」

　皆藤はことばを返すことができなかった。そこへアポロがやってきた。

「教授」

　皆藤はしゃがんで、アポロの頭を静かに撫《な》でた。

　桐谷橋の街にパトカーのサイレンが近づいてきた。

「やっぱりお前になんか会うんじゃなかった」

そうつぶやく桝本の顔は寂しげだったが、少しだけ晴れ晴れしているように、亘には感じられた。


新聞各紙には、一年前のサルウィンの爆弾テロと〈ライフケアテクノロジー〉や〈東亜ダイナミクス〉との関わりを追及する見出しが大きく躍った。

ビジネスホテルの一室でその記事を読んだ武田和広は荷物をまとめて、チェックアウトしようと部屋を出た。

フロントの椅子に座っていた伊丹が、武田の前に立ちふさがった。

「どちらにお出かけかな?」

フロントの陰から芹沢が出てきた。

「一緒に散歩するか?」


右京と亘が〈東亜ダイナミクス〉の社長室を訪れたとき、桂川は鳴りやまない電話を用件も聞かずに切ったところだった。

憔悴《しょうすい》した面持ちの桂川に、亘が声をかける。

「大変な騒ぎになってますね」

「今後、ここにも当然捜査の手が入ることになりますねえ」

右京のことばを聞いて、桂川はため息をついた。

「すべてはこの国のためです」

このときまた電話が鳴った。桂川は今回も受話器を持ち上げただけで戻し、特命係のふたりと向き合った。

「日本は戦争ができません。国防が叫ばれる今の時代においても、実戦の中で武器の性能を磨いていくことはできない。こうした手を使うしか、よそと渡り合っていけないいんです」

右京が数歩前に出た。

「なるほど。もっともらしい意見ですね。ところで、あなたはテロで犠牲になった人たちのことを覚えているのでしょうか？」

「ＮＧＯ活動に参加していた三名でしょう？」

「違います」亘が否定した。「戦争は人の死を数字に変える。島村洋子、北沢聡、佐久間美佳。よく覚えておいてください」

亘は桂川を睨みつけ、部屋から出ていった。右京もそれに続く。

険しい顔で廊下を歩くふたりの耳に、社長室の電話の音が聞こえてきた。

第八話
「杉下右京の秘密」

一

　ある日の夕方、警視庁特命係の冠城亘は、上司の杉下右京のデスクの上に、およそ似つかわしくないものがあるのに気づいて、足を止めた。

　スーパーのチラシが広げて置いてあったのである。亘は念のために取り上げて、裏も見てみたが、なんの変哲もないチラシに間違いなさそうだった。

　そこへ右京が戻ってきた。

「右京さん、スーパーで買い物したりするんですか?」

「ええ、まあ」

　右京は亘の手からチラシを取り戻し、畳んで鞄《かばん》にしまった。

「なにかあれば、なんなりと」

　亘は右京がなにかの捜査をしているのではないかと考えて手伝いを申し出たが、右京の返事はそっけなかった。

「いえ、どうぞお気遣いなく。では、お先に」

　そう言い残し、木製の名札を裏返して、そそくさと部屋から出ていった。

絶対なにかがあると確信した亘は、練山区《ねりやま》にあるそのスーパーの前で張り込みをした。しばらく待っていると、レジ袋を提げた右京がカジュアルな格好でスーパーから出てきた。それだけでもかなりびっくりしたが、さらに衝撃的な光景が続いた。右京を追って小学校低学年と思《おぼ》しき少年が駆け出してきたのである。

「パパ、待って！」

さらに三十代半ばと思われる女性が出てきた。

「お待たせ。今日はカレーよ」

右京と女性と手を繋《つな》いだ少年が嬉しそうに叫ぶ。

「やった！　じゃあ、パパが作ってよ」

「ええっ？　できるかな？」

右京が照れるように笑った。

「僕、手伝うよ」

少年が右京の顔を見上げると、女性は「じゃあ、ママは楽させてもらおうかな」と言った。

思わず亘の口から独り言が漏れる。

「……右京さんが、パパ？」

亘は尾行を開始した。すると三人は近所のマンションに入っていった。

三人の部屋は一階のようだった。レースのカーテンがかかった窓越しに、リビングのようすがうかがえた。

亘がなおも張り込みを続けていると、やがて、エプロンをつけた右京が、カレーをテーブルに運んできた。少年は待ちきれないように、スプーンを手に取った。幸せな家族の団欒《だんらん》のひとコマに他ならなかった。

「なんか幸せそう……。これが本当の右京さん？」

亘は上司の知らない一面を垣間見た気になった。


翌朝、亘はいつもより早く登庁し、特命係の小部屋で右京を待っていた。そこへいつもと同様にきちんとしたスーツ姿の右京が登庁してきた。

「あっ、おはようございます」

「おはようございます」

右京は亘の視線に気づいた。

「はい？」

「いえ、なんでもないです」

「言いたいことがあるのなら、どうぞ」

「いや、なんでもないです」

「冠城くん、見ていましたね？　君に尾行されていることは気づいていました」

亘が素直に頭を下げる。

「すみませんでした。いやあ、でもまさか、右京さんが再婚してて、お子さんがいるなんて思わなくて。いや、右京さんがスーパーで買い物したり、カレー作ったりっていうのが、なんか想像できないというか、いやいやいやいや……想像したくなかったというか。あっ、別にプライベート、立ち入るつもりはないんですがね」

亘が懸命に言い繕っていると、右京が言った。

「冠城くん、あれには理由があるんです」

「理由ですか？」

「実は……」

まさに右京が打ち明け話をはじめようというところで邪魔が入った。組織犯罪対策五課長の角田六郎がずかずかと入ってきて、リモコンでテレビをつけたのだ。

「おい！　ちょっと、これ見てくれ！」

画面では犬を連れた老人が話していた。テロップに「金塊を発見した小山田《おやまだ》一郎《いちろう》さん（75）」と出ている。

「散歩してたら、タローがワンワン吠《ほ》えるんで、掘ってみたら、金の延べ棒がザックザクじゃ！」

画面が掘り出された金塊が運び出される映像に切り替わり、アナウンサーの声が重なった。

――昨日夕方、練山区の雑木林で金塊が発見されました。掘り出された金塊は全部で六十キロ、現在の取引額で三億円を超えると思われます。

「三億の金塊？」

驚く亘に、角田が苦い声で言った。

「ああ。これ、うちが追ってる密輸グループのものだと思う」

「警視庁が押収して、今、鑑識で調べているとか」

右京のことばに、角田がうなずいた。

鑑識課では益子桑栄ら鑑識員が、泥のついた金塊を一本ずつ調べていた。見物に来ていたサイバーセキュリティ対策本部の青木年男が金塊に手を伸ばそうとすると、益子がその手を叩いた。

「触るな。調べている最中だ」

そこへ右京と亘がやってきた。

「あれ？　青木、なんでお前がいるんだよ」

亘が見咎《みとが》めると、青木は目を輝かせた。

「三億の金塊なんて、一生見ることないじゃないですか」

「お前、暇か？」

亘が角田のお株を奪ったところに、当の角田が入ってきた。

「ん？」

「あっ、いや、なんでもないです」

ごまかす亘にはかまわず、角田は益子に質問した。

「で、なんかわかったか？」

「指紋は出てこない。しかも、どこで取引されたのかわからないように、シリアルナンバーも入っていない。犯罪絡みだろうなあ」

「やっぱりな」

「あの、犯罪絡みって？」青木が訊《き》く。

「金塊密輸グループだよ。今、うちらが追ってる」

「なるほど、金塊密輸ですか」

亘が納得する。右京は事情に通じていた。

「ここ数年、急増していますからねえ」

青木は理解していなかった。

「あの、金塊密輸ってどんな仕組みなんです？」

角田が場を組織犯罪対策部に移し、ホワイトボードに金塊密輸ビジネスについて図を描きながら説明する。

「いいか？　一回しか言わないからよく聞けよ。まず元締めが東南アジアで金塊三億円分を買う。これを日本に持ち込もうとすると、消費税十パーセントがかかる」

「この場合、三億だから三千万」

亘が口を挟まなくても、その計算は誰にでもできた。角田が続ける。

「その消費税を違法にくぐり抜ける方法がある。それが密輸だ。運び屋が非合法に金塊を隠して、日本に持ち込む。で、その金塊を実行部隊が受け取り、息のかかった貴金属店に転売。それをまたすぐに東南アジアに輸出する」

「手に入ったのに、すぐ売っちゃうんですか？　それじゃ、なんのために密輸したんですか？」

青木が呈した疑問に、角田が答える。

「奴らの狙いは消費税だ。金塊を海外に輸出するとき、国から消費税三千万が還付される」

「えっ？　金塊を輸出すると、お金が戻るんですか？」

驚く青木に、右京が言い添えた。

「しかも、我々が納めた税金からですよ」

角田がホワイトボードに目つきの悪い男の写真を貼った。

「うちら組対《そたい》は、金塊密輸グループの壊滅を目指して、一年がかりで調べてきた。渡航歴や前科前歴を洗い出して、ようやく運び屋のリーダー、目黒真也《めぐろしんや》という男を突き止めた。ただ、こいつの行方が十日前、神戸の港で目撃されて以降、わかってない」

亘が事件の構図を読む。

「その目黒が金塊を独り占めするために雑木林に埋めた？」

「おそらくな」角田が認めた。「とにかく今は全力で目黒を捜してる。手が足りないときは力、貸してくれ」

「もちろんです」

右京が即答すると、青木も同調した。

「僕もなにか手伝いますよ」

「お前はいいよ！　足、引っ張りそうだし！」

角田に断られた青木が言い返す。

「本気にされても困ります。社交辞令ですから」

「では、我々も仕事に戻るとしましょう」

右京が足早に特命係の小部屋に向かった。追いついた亘が、右京に迫る。

「右京さん、なにごまかそうとしてるんですか？　早くパパになった理由を教えてください」

「おや、金塊密輸の話で忘れたと思ったんですが」

「忘れるわけないじゃないですか。どうしてあんなこと、してたんですか？」

「話は三日前にさかのぼります。フランス紅茶の老舗《しにせ》ブランドの茶葉が入荷されたと聞きましてね、練山区にあるお店に行ったときのことです……」


右京が駅に向かって歩いていると、近くでなにか物がぶつかる衝撃音がして、直後に女性の悲鳴と男の子の声が聞こえた。駆けつけたところ、桜井里美《さくらいさとみ》という女性が倒れており、息子の裕太《ゆうた》が母を案じていた。

ふたりのすぐそばにはブロックが落ちていた。里美が言うには、そのブロックはビルの上から誰かが落としたものだとのことだった。右京はすぐにビルの屋上に行ってみたが、そこには誰もいなかった。

右京は近くの練山南交番で、町田《まちだ》という名の巡査とともに、里美から事情を聞いた。

里美と裕太は一年前まで静岡に住んでいて、そのとき、再婚相手の坂口《さかぐち》という男からDVを受けていた。裕太は里美の連れ子だった。里美の通報で坂口は逮捕され、他の傷害事件で執行猶予中だったため、実刑判決が下された。その後、里美と裕太は静岡から東京に引っ越してきた。

ところが、誰にも住所や電話番号を教えていないにもかかわらず、二カ月ほど前、里美のスマホに「おまえのせいで捕まった。許さねえ」というメッセージが着信した。坂口が出所したあとのことだった。

その後も、郵便物に交じって宛名も差出人もない封筒が郵便受けに入っていたことがあった。封筒の中には「いつも見張っているからな」と印字されたメモとともに、里美と裕太が一緒にいるところを撮影した最近の写真が数枚入っていた。

さらにある夜、外からいきなり石が投げ込まれて、窓ガラスが割れたこともあった。

交番での事情聴取の際、里美は怯《おび》えきっていた。

「こっちの住所は誰にも教えてないのに、なんで坂口が知っているのか、怖くて……」

里美は今回ブロックを落としたのも坂口の仕業だと疑っていた。右京は町田巡査に坂口の所在を尋ねた。町田の答えはこうだった。

「出所後の居所はわかっていません。ただ、おふたりはＤＶ等支援対象者になっています。加害者が住民票や戸籍などを調べようとしても、制限される措置が取られています。情報が漏洩《ろうえい》することはあり得ません」

そのとき裕太が言った。

「ママ、帰ろう。どうせ警察なんて守ってくれないよ。僕のときだってそうだったもん」

右京は裕太の発言に興味を抱いた。それで話を聞いてみた。

さかのぼること一週間ほど前、裕太は近所の空き地に建っているプレハブ小屋へ行った。裕太は小屋の一角を段ボールで囲って秘密基地にしており、そこで宝物のトレーディングカードを眺めて悦に入っていたのである。それはめったに手に入らない「ホーリーライトエンジェル」という女神のカードだった。

すると近くの倉庫の中から、男の叫び声が聞こえてきた。気になった裕太が倉庫に忍び込んでみると、倉庫の壁に穂先が四つに分かれた槍を持つ、マントを羽織った巨大な怪物の影が映っていた。裕太はその正体を知っていた。「ホーリーライトエンジェル」の最大の敵、「ダークネスデーモン」に違いなかった。裕太は足が震えたが、それでも懸命に近づいてみた。おかげでとんでもない光景を目撃するはめになった。なんと、命乞いをする男の腹に、「ダークネスデーモン」が呪いの槍を突き刺したのだ。

男の断末魔の叫びを耳にし、裕太も思わず声をあげてしまった。「ダークネスデーモン」がこちらを振り返った。自分も襲われるかもしれないと怖くなった裕太は逃げ出した。必死に走ったおかげでなんとか倉庫から逃げ出すことができたが、大切な「ホーリーライトエンジェル」のカードは途中でポケットから落としてしまった。

裕太の訴えを聞いて、町田は念のために怪物を見たという現場に同僚とふたりで行ってみたという。しかし、事件らしき痕跡はなにも見つからなかった。

さらに裕太は、最近も「ダークネスデーモン」に冥界《めいかい》に連れていかれそうになったと訴えた。里美が「いいかげんにしなさい！」と叱ると、裕太は交番から飛び出していき、町田が慌ててその後を追いかけた。

里美が右京に頭を下げた。

「あっ、すみません。最近、あの子、変なことばっかり言うようになったんです。今みたいに怒って出ていったり、部屋に閉じこもってしまったり。わたしが精神的に余裕がなくて、なかなかあの子との時間をつくってあげられないからだと思います」

「失礼ですが、裕太くんのお父さんは？」

右京が訊くと、里美はうつむいた。

「裕太の父親……わたしの最初の夫ですが、その人も暴力を振るう人でした。だから、まだあの子が物心もつかない頃に別れました。坂口も最初は優しかったんですが、まさかあんな人だとは思わなくて……」

「……ですから、ここ数日、ふたりを警護しつつ、裕太くんから話を聞いていたわけです。昨夜《ゆうべ》、ちょうど君が見ていたときは、裕太くんにダークネスデーモンに連れていかれそうになったときの話を聞いていました。学校帰りにダークネスデーモンが突然現れたそうですが、友だちが裕太くんの名前を呼ぶと、いつのまにかいなくなっていたそうです」

右京の話が終わった。

変わり者の上司に、亘が呆れる。

「楽しそうな家族の団欒に見えたけど、聞き取りをしていたということですか。そういうことなら、教えておいてくださいよ」

「里美さんたちの情報がどこから漏れるか、わかりませんからねえ」

「あれ？　俺、信用されてないんですか？」

「もちろん」右京が即答した。

「えっ？」

「冗談ですよ。まあ、君を煩わせるほどのこともないと思いましてねえ」

二

右京と亘はブロックが落とされた現場に向かって歩いていた。

亘はいまだに右京の行動が納得できなかった。

「だけど、やりすぎじゃないですか？　お父さんのふりなんかしたら、逆に元夫の坂口を刺激しませんか？」

「実は、あれは裕太くんからパパになってほしいと頼まれましてね。まあ、期間限定ならということで。もちろん泊まったりはしていませんよ。それと、どうしても上から落とされたブロックのことが気になりましてねえ。ああ、ちょうどこのあたりです」

亘がビルを見上げる。

「落としたのは坂口でしょうね」

「どうでしょう。しかし、あのブロックが当たっていたら、命を落としかねません。メッセージや盗撮写真を送りつけるのとは質が違います」

「右京さんは、坂口とは別の犯人がいると？」

「それはまだわかりませんが……しかし、どうしても気になることがあるんです」

付き合いの長い亘は、右京の思考パターンがかなり理解できた。

「裕太くんの見た、ダークネスデーモンですね」

「ええ」

右京と亘は、裕太がダークネスデーモンの犯行を目撃したという倉庫を調べることにした。倉庫には植木鉢や竹ぼうき、腐葉土の袋などが雑然と収められていた。右京は鑑識課の益子桑栄を呼び、倉庫の床に犯行の痕跡が残っていないかどうか調べてもらった。

倉庫の持ち主は高村修三《たかむらしゅうぞう》という初老の男だった。

「ここで殺人って、本当ですか？」

訝《いぶか》しげな高村に、右京が言った。

「念のため、調べるだけですので」

「高村さん、こちらの倉庫はなにに？」

亘の質問に、高村が答える。

「園芸店をやってましてね、商品の保管用です。ただ、商品といっても、ほとんど売れ残った在庫品、突っ込んでるだけですけどね」

「こちらの管理はどなたが？」

右京が問うと、高村はポケットから鍵を取り出した。

「鍵は私が持ってます。ただ、門の鍵が壊れてましてね、しょっちゅう近所の子供が忍び込んだりするんですよ。今度も、なんか見たっていうの、子供でしょう。どうせ嘘ついてるんじゃないんですか？」

高村はそう言って笑った。

右京は倉庫の周囲も見て回った。裏手を歩いていると、土に枯葉が交じっているのに気がついた。しゃがんで枯葉を検《あらた》めていると、亘が呼びにきた。

「右京さん、鑑識作業終わったそうです」

右京は倉庫に戻り、益子に訊いた。

「ご無理言って申し訳ない。どうでしたか?」

「ああ、言ってたような事件の痕跡はないな。血痕も乱れた足跡もない」

右京がスーツの内ポケットから、裕太に借りてきたダークネスデーモンのトレーディングカードを取り出した。

「ちなみに、このようなカードは落ちていませんでしたか?」

「ああ、見当たらなかったな」

「そうですか」

「ガセ、つかまされたんじゃないの?」

益子は薄く笑って去っていった。


「クソ! ガセネタつかまされた!」

倉庫から特命係の小部屋に戻ってきたばかりの右京と亘に向かって、角田は悔しそうに言い募った。

「タレコミがあったんだよ。東南アジアと取引のある貿易会社が、フカヒレに金塊を隠して密輸してるってさ」

「フカヒレですか」亘が合の手を入れた。

「そう。で、ガサ入れ行って、フカヒレの真空パック、全部開けたら、全部ほんまもんのフカヒレでさ。金塊の『き』の字もないんだよ。参った、もう」

部屋から出ていく角田を見送って、亘が右京に話しかけた。

「あっちもガセだったみたいですね。裕太くんは、まだ小学校二年生です。年齢的に証言能力の信憑性《しんぴょうせい》は低いと言わざるを得ません」

「つまり、君も裕太くんの証言は当てにならないと?」

「その可能性は否定できません」

亘の回答が右京は納得できないようだった。


その夜、桜井里美のマンションの部屋の玄関口に、巡査の町田良夫《よしお》の姿があった。

「なにか異常はありませんか?」

町田が里美に訊いた。

「今日はなにも」

「きちんと戸締まりしてください。もしなにかあったら、すぐに連絡くださいね」

町田の思いやりに、里美の笑みがこぼれた。

「いつもありがとうございます」

町田は部屋の中からこちらをうかがっていた裕太に声をかけた。

「裕太くん、今日はなんとかデーモン出てきてない?」

裕太はそれには答えず、逃げるように部屋の奥に入っていく。そのようすを見た里美が、「裕太!」と声をあげ、町田に謝った。

「すみません」

「ああ、いえ。では失礼します」

フードを被《かぶ》った男が物陰からそのやりとりをじっと見ていたことを、町田も里美も知らなかった。

三

翌朝、江東区の運河で男の水死体が揚がった。身元の確認に呼ばれた角田は、遺体の顔を確認した。

「間違いない。運び屋の目黒だ」

捜査一課の伊丹憲一が「やっぱりそうですか」とうなずく。

「自殺か? それとも……」

伊丹が角田の疑問に先回りして答える。

「殺害されています」

伊丹の後輩の芹沢慶二が補足した。

「殺されたあと、ブルーシートにくるまれて、沈められていたようです。おそらく潮の流れで重しが外れて、浮いてきたんじゃないかって」

「殺しか……」角田が顔を曇らせた。

すぐさま所轄に「江東区金塊密輸グループ運び屋殺人事件」の捜査本部が設置された。刑事部捜査一課と組織犯罪対策部の合同捜査の指揮を執ったのは参事官の中園照生だった。

「組対が追っていた金塊密輸グループメンバーの死体が発見された。本日より捜査一課との合同チームで、事件の全容解明に臨んでほしい」

「はい！」一同が声をそろえる。

角田が起立し、状況を説明した。

「殺害されていたのは運び屋のリーダー、目黒真也、二十八歳。おそらく、こいつが三億円分の金塊を持ち逃げし、雑木林に隠したものと思われます。そのため、グループに始末された可能性が高い」

「目黒の死体から、なにかわかったことは？」

中園の質問に答えるため、伊丹が立ち上がる。

「司法解剖の結果、死後一週間程度。腹部に四カ所、均等に深い刺し傷がありました」

「変わった傷だなあ。凶器はなんだ?」

「まだ特定できていません」

続いて芹沢が発言した。

「目黒の足取りですが、都内全域の防犯カメラを調べたところ、一週間前、練山区の路上を歩いているところが映っていました」

右京と亘も捜査本部の一番後ろの席に並んで座っていた。亘が右京に顔を寄せた。

「裕太くんが殺人を目撃したと言ってるのは、一週間ほど前。目黒の死亡時期と合致します」

「そうですね」

「奴が最後に確認された場所も、あの倉庫近く」

右京はダークネスデーモンのカードを取り出した。

「それに四カ所、均等に刺されていたという傷も気になります。まるで、呪いの槍に刺されたかのような」

「つまり、あの倉庫で裕太くんが目撃したのは、目黒が殺害された現場」

亘が出した結論を、右京が認めた。

「間違いないでしょう」

「だとしたら、ブロックを落としたのは坂口ではなく、目黒を殺害した犯人」

「裕太くんが危険です」

　ふたりは急いで捜査本部を飛び出した。


　学校からの帰り道、桜井裕太が公園を通り抜けて道路に出ると、黒い車が急ブレーキをかけて停《と》まった。黒いフード付きのパーカーを着てマスクを着けた男が降りてきて、裕太の前に立ちはだかる。そして裕太の背中をつかみ、車に連れ込もうとした。

「やめろ！　放せ！」

　裕太が抵抗しているところへ、ちょうど買い物帰りの里美が通りかかった。里美は果敢にフードの男に駆け寄り、息子から引きはがそうとした。

「放して！　誰か！　誰か来て！」

　男は裕太の連れ去りを諦め、ふたりを突き飛ばして、車に戻った。そしてすぐさまそこから逃げ去った。

　突き飛ばされた裕太は無事だったが、里美のほうは地面で強く頭を打ったようで、額から血を流して、気を失っていた。

「大丈夫？　ママ！　しっかりして！」

　裕太が泣きながら里美の体を揺すった。

その夜、里美が運び込まれた病院には、右京と町田の姿があった。里美は脳震盪《のうしんとう》を起こしたが、幸い傷は軽く、入院の必要はなかった。

処置を終えた里美に、町田が頭を下げた。

「桜井さん、本当に申し訳ありません。杉下警部から警護を頼まれていたのに、こんなことになってしまって」

「いえ……」

里美が首を横に振ると、右京が言った。

「裕太くんが無事だったのがなによりの救いです」

「本当に……」

「里美さん、連れ去ろうとした人物の顔は覚えていますか？」

「フードを被ってマスクをしていたので、よくはわかりません」

「フードですか……」右京が考え込む。

「今後は巡回の回数を増やします。あとは出かけるときは声をかけていただければ、できる限りのことはしますんで」

町田の申し出に、里美がすがるような目を向けた。

「ありがとうございます。よろしくお願いします」

そこへ裕太を連れた亘が現れた。裕太が里美に抱きついた。

「ママ！　僕のせいだ。僕が守れなかったから」

「ママこそ、ごめんね。裕太のこと、信じてあげなくて。ごめんね」

　里美は涙を流し、息子を強く抱きしめた。


　病院から出たところで、亘が右京に報告した。

「裕太くんが連れ去られそうになった場所を調べてきました。あの通り付近には、防犯カメラは設置されてませんでした」

「そうですか」右京が見解を示す。「裕太くんがブロックを落とされたビルにも、防犯カメラはありませんでした。襲う場所を選んでいるとしか思えませんねえ」

「しかも犯人は、裕太くんがその場所に来た瞬間を確実に狙ってます」

「とてもひとりでできることではありませんね」

「協力者がいる」

「間違いありません」右京が断言した。


「気をつけてね」

　翌日の夕方、小学校の校門の外で、町田が児童たちに声をかけていた。そこへ右京がやってきた。

「町田さん。ご苦労さまです」

「杉下警部」

「裕太くんなら、もう出てしまいました」

右京からもたらされた情報に、町田が「えっ？」と意外そうな顔になった。

「倉庫に落とした大事なカードをもう一度捜しに行くつもりのようです」

「そうですか」

「すぐに迎えに行きたいところですが、あいにく捜査本部に戻らなくてはなりません」

「だったら、自分が迎えに行きましょうか？」

町田の申し出に、右京が乗った。

「助かります。お願いできますか？」

町田は敬礼をして、「失礼します」と自転車で去っていった。


しばらくして、倉庫に黒いフード付きのパーカーを着た男がやってきた。男は右手にナイフを、左手にホーリーライトエンジェルのカードを持つと、倉庫の奥の人影に向かって猫なで声を出した。

「裕太くん、君が捜してるカードはこれだろ？」

男が残忍な笑みを浮かべ、人影に近づいていく。

「裕太くん！」

と、人影が動いた。立ち上がったのは亘だった。

「そのカード、捜してたんだ」亘が手を差し出す。「そこから殺された目黒の血液反応が出たら、お前はもう終わりだ」

謀《たばか》られたと気づいた男が踵《きびす》を返す。そこには右京が立っていた。

「あなたですね？　目黒という運び屋を殺したのは」右京が立てかけてあった呪いの槍に手を伸ばした。「これ、なんという道具かご存じですか？　四本爪フォークというんだそうです。牧草などをかき集めるのに、大変便利だそうですよ。あの日もこの倉庫のどこかにあったのでしょうねえ。これで目黒を殺したんですね？」

男の背後から、亘が迫ってきた。

「殺害した痕跡が残らないように、床にブルーシートを敷いたんだろう。死体をそのまま包めば、血痕もすべて消すことができる。犯行に及ぶとき、足元にライトを置いていたんじゃないのか？　その影が裕太くんの目には怪物に映った」

男が身を翻《ひるがえ》し、倉庫から逃げ出した。倉庫の外ではすでに伊丹たち捜査一課の面々が待ち構えていた。

伊丹が男の名前を呼ぶ。

「篠原零士《しのはられいじ》！　目黒真也殺害の容疑で同行してもらうぞ。おとなしく……」

そのとき篠原がナイフを振り回しながら突進してきた。伊丹がそれをかわしたところに、芹沢がタックルをかけた。伊丹がナイフを払い落とし、ふたりがかりで篠原を取り押さえた。

四

練山南交番の前では、町田が老婦人に道を教えていた。

「ふたつ目の信号のところですね」

「はい。ありがとうございました」

「お気をつけて」

老婦人を見送ったとき、デスクの上に置いていたスマホが鳴った。町田は周囲を見回してから電話に出た。

「もしもし。どうしたんですか、篠原さん？　篠原さん？」

「篠原のこと、知ってたんだ？」

受話口と同時に背後から声が聞こえたので振り返ると、そこにはスマホを顔の前に掲げた亘がいた。

隣にいた右京が口を開く。

「やはりあなたでしたね」

亘が持っていたスマホを見せた。

「これは目黒を殺した篠原のものだ」

右京が町田を告発する。

「篠原に裕太くんの情報を流していたのはあなたですね？　里美さんへのストーカー行為もあなたですね？　町田巡査、正直に話していただけますか？」

「違うんです！　自分は脅されたんです」

町田が右京に訴えたのは、次のような内容だった。

ある日、先輩の警察官から渡された、管内に引っ越してきたＤＶ等支援対象者の資料に貼られた顔写真を眺めていて、町田は里美に興味を抱いた。

巡回連絡カードに記入してもらうために、里美のマンションを訪れ、興味が好意に変わった。引っ越してきた当時は里美もよく相談しに来てくれたが、それがだんだん少なくなってきた。それで、坂口がやっているストーカー行為に見せかけて、裕太と一緒にいるところを望遠レンズで撮影して、その写真をメモと一緒に郵便受けに入れた。すると、また里美が頼ってきてくれた。だからもっと頼ってほしくて、マンションの部屋に石を投げ込んだ。

ところが、その場面を篠原に目撃されてしまった。篠原はせせら笑ったという。

「知ってるよ。あんた、警察官だろ？　わかるよ。あの奥さん、きれいだもんなあ。でも、いいの？　警察官がストーカーなんかして。これ、マスコミ飛びつきそうなネタだな。ばら撒《ま》かれたくなかったら教えろ！　あの家のガキのこと」と。

町田はなおも訴えた。

「あいつに脅されたんです！　裕太くんが倉庫でなにを見たのか、なにを言っているのか、すべて話せって。子供の言ってることなんか誰も信じない、だから放っておけばいいと言ったんです。まさかあいつが、裕太くんを殺そうとしてるなんて思わなかった。ブロックだってギリギリを狙ってるだけだし、連れ去るのだって怖がらせようとしてるんだって……」

「もう結構！」懸命に言い募る町田を、右京がぴしゃりと遮った。「幼い命が何度も危険にさらされたんですよ？　そんなくだらない言い訳など、なんの役にも立ちませんよ！　警察官の仕事はなんなのかもわかっていない。真面目に勤めている全国の警察官たちの信頼まで裏切っておいて……。恥を知りなさい！」

右京から烈火のごとき怒りを浴びせられ、町田はただうなだれることしかできなかった。

練山南交番を出たところで、角田が右京に電話をかけてきた。

——警部殿。篠原の件、ありがとな。今、伊丹たちが連行してきた。

「そうですか」

――あとは本命の元締めさえわかりゃ、密輸グループを一気に潰せるんだが。

「ええ」

右京にはすでに元締めに心当たりがあった。


高村修三の経営するガーデニングショップには色とりどりの花が咲き誇っていた。

「見事なシクラメンですねえ」

右京が感嘆の声をあげた。亘が話に乗っかる。

「女性にプレゼントしたら喜ばれそうですね」

「刑事さん、まだなにか？」

困惑したような顔の高村に、右京と亘が矢継ぎ早に話しかける。

「やはりこれだけ見事に咲かせるには、土が大事なんでしょうね」

「植物は土が命ってことばがあるぐらいですからねえ」

右京が積んであった腐葉土の袋に目をつけた。袋には成分や原産地が表示してあった。

「おや、入荷したばかりの腐葉土ですね。なるほど、東南アジア産ですか」

右京が腐葉土の袋に手をかけると、高村が止めた。

「ちょっと、あんたたち、なにを？」

右京は意に介さなかった。

「冠城くん、知っていますか？　チークという高級家具に使われている木の葉がこの腐葉土に使われているんですよ」

「本当ですか？」

「疑うなら、中を確認してみたらどうですか？」右京が高村に断りを入れた。「よろしいですか？」

「なにを言ってんだ。困りますよ、売り物なんですから」

「でしたら、ご主人、買い取りますので、中を確認させてください」

右京が言うなり、亘が手に持ったカッターナイフで袋を切り裂いた。

「あっ、勝手なことするな！」

高村が制止しようとしたときには、亘が腐葉土の中から金塊を掘り出していた。

「チークの葉どころか、金塊入りですか。ずいぶんゴージャスな腐葉土だ」

右京がスーツの内ポケットから、腐葉土の入ったビニールの証拠品袋を取り出した。

「このチークの葉と同じものが、あなたの所有している倉庫の裏手から見つかっています。そして、雑木林に埋まっていた金塊に付着していた土とも一致しました。つまり、高村修三さん、あなたが金塊密輸グループの元締めですね？」

右京の告発を受け、亘が一連の金塊密輸の手口を解き明かす。

「元締めであるあなたが、東南アジアで買い付けた金塊を腐葉土の袋の中に隠すように命じる。それを運び屋の目黒たちが密輸し、あの倉庫で実行部隊の篠原が受け取り、貴金属店に持ち込む。そういう流れですよね？　ただ、今回、目黒が金塊を横取りしようとした。目黒は金塊をすべて取り出し、腐葉土を倉庫の裏に捨て、金塊を雑木林に埋めた。それに気づいたあなたは、篠原に目黒の殺害を命じた。違いますか？」

　高村が亘の顔を見て弁明した。

「ちょっと待ってくれ。たしかに金塊は違法に密輸した。それは認める。その罰金なら払う。いくらだ？」

　右京が冷たいひと言を投げかけた。

「罰金で済まされることじゃありませんよ」

「でも、殺したのは篠原だ。私じゃない」

「いいえ。あなたはこう指示したそうじゃないですか。『雑草を抜け』と」

　捕まった篠原はこう供述したのだった。

　目黒に金塊を奪われたことを報告して謝ると、高村は言った。

「どうするんだよ、三億も。とにかく、すぐに見つけろ。見つからなかったら、お前が三億払えよ。いいな？　必ず見つけて、雑草を抜け！」と。

亘が右京のことばを継ぐ。

「そしてまた『目撃した子供も雑草だ。抜け』とも。これは、殺人罪における教唆《きょうさ》の罪になります。言っておきますが、実行犯と同じ刑罰が科せられます」

「高村さん、もう諦めましょう」

右京に迫られ、高村が顔を歪《ゆが》めた。

「ったく、あいつら、本当の雑草だな。刑事さん、組織ってのはね、花を育てるのと一緒だ。いくらいい苗を植えても、雑草が交じると美しい花は咲かない。金塊を横取りした目黒なんて、雑草以外のなにものでもない。篠原も同じだ。せっかく目黒を捕まえて、金塊を埋めた場所をゲロさせたというのに、掘り出す前に見つかっちまって。しかも、目黒をやるとこ、ガキに見られて……。雑草ばかりで使えねえわ！」

ひとりよがりな主張をする高村に、右京が引導を渡した。

「いい加減にしなさい！　彼らが雑草なら、あなたはその雑草につく害虫ですよ。本来なら、今すぐ駆除してやりたいぐらいです」

翌日の小学校からの帰り道、里美と裕太の隣を、右京と亘が一緒に歩いていた。

「本当にありがとうございました」

笑顔で礼を述べる里美に、亘がいい情報を伝えた。

「坂口ですが、出所後、真面目に働いてるそうです。もう里美さんの前に現れることはないでしょう」

「そうですか」

「これからは安心して生活なさってくださいね」

右京のことばに、里美が再び礼を述べた。

「ありがとうございます」

「そうだ、裕太くん」右京が二枚のトレーディングカードを取り出した。「お借りしていたダークネスデーモンのカード。そして、ホーリーライトエンジェル。新しいのをゲットしておきました」

「ありがとう。刑事さん、ダークネスデーモン、やっつけたの?」

「ちょっと時間はかかりましたがね」

「すげえ！　刑事さんが本当のパパになってくれたらなあ」

「コラ！　裕太」里美が息子を叱った。

右京がしゃがんで、裕太と目を合わせた。

「裕太くん、残念ですが、僕はパパにはなれません。ですから、これからは君がママを守るんですよ。ママが大変なときは、君が支えてあげてくださいね。ただ、困ったことがあったらいつでも連絡をください。すぐに駆けつけますからね」

「うん。約束だよ」

「約束です」

「じゃあ、わたしたちはこれで」里美が特命係のふたりに深々と頭を下げた。「本当にありがとうございました」

　去っていく母子を見送りながら、亘が言った。

「意外と右京さんのパパ、似合ってましたけど」

「冠城くん」

「あれ、怒りました？」

「実は、僕もちょっとばかり楽しみましたがね」

　含み笑いをする右京を、亘が焚《た》きつける。

「だったらもう一度、結婚してみたらどうですか？」

「冠城くん、前にも言いましたがね、君こそ、そろそろ落ち着いたほうがいいですねえ」

「いやいやいや、僕はまだ早いですよ」

　ふたりは他愛ない言い争いをしながら、里美たちとは逆方向に歩いていった。

第九話「ブラックアウト」

一

年の瀬も押し迫った二〇一九年十二月二十九日のこと、〈奥多摩《おくたま》カントリー倶楽部《クラブ》〉で、警視庁の幹部たちのゴルフコンペがおこなわれていた。参加者たちはコンペのあと、クラブハウスで親睦会に参加する予定になっている。目下、パーティールームでは会場のセッティングが急ピッチで進んでいた。

テーブルには花瓶に生けられたガーベラやバラが、フロアには観葉植物やサボテンの鉢が置かれ、華やかさを醸し出している。しかし、複数の観葉植物の間に小型ビデオカメラが巧みに仕込まれ、会場のようすが監視されていることは、さすがの杉下右京も気づいていなかった。

そう、警視庁の雑用係とも称される特命係のふたりは、セッティングを手伝うために呼び出されていたのである。なぜかサイバーセキュリティ対策本部の青木年男の姿もあった。

猛打賞の商品を包装紙で包みながら、青木がさっそくぼやいた。

「意味わかんない。なにやらされてんですか、これ」

右京の相棒の冠城亘は割り切った表情をしていた。

「これも仕事だ、仕事」

「せっかくの休みに」

「予定がないから、副総監に呼ばれたんだろ?」

父親が副総監の衣笠藤治《きぬがさとうじ》と懇意にしていた関係で、青木は衣笠からなにかと都合よく使われていた。今回も衣笠の鶴のひと声で特命係のふたりと行動を共にすることになったのである。

「ありますよ、僕にだって」

不平を漏らす青木を、右京が注意する。

「青木くん、包装紙の角をきれいに」

青木はうんざりした顔で、「おっさんって、ゴルフ好きだよな。早起きしてまで止まってる球打って、なにが楽しいわけ?」

「馬鹿野郎!」亘が詭弁《きべん》を弄《ろう》する。「いいか? おっさんはな、朝早く目が覚めるからゴルフするんだ」

右京は作業の手を止めずに異を唱えた。

「君たち、ゴルフというのはもっと奥の深いものですよ。世の中広しと言えど、審判のいない競技はゴルフだけといっても過言ではないでしょう。礼儀正しさとスポーツマンシップ、そして洗練されたマナーでプレーをする。紳士のスポーツといわれる所以《ゆえん》ですねえ」

「またお得意の蘊蓄《うんちく》ですか」

青木の嫌みは右京には通じなかった。

「経験論です。僕もロンドンにいた頃は少々嗜《たしな》みましたから」

「上手いんですか？」亘が興味津々に訊《き》く。

「君よりは上手いと思いますよ」

「本当ですか？」

「今度お見せしましょうか？」

「じゃあ今度、勝負しましょうか」

「ええ。暇なときに」

「じゃあ、いつでもできるじゃないですか」

亘は嫌みに敏感に反応し、青木のおでこに赤い花リボンの胸章を貼りつけた。そんなふたりの言動に、右京が呆れる。

「子供みたいなこと、やめませんか？」

三人のやりとりがおかしかったのか、テーブルにガーベラの花瓶を運んでいた若い女性がおかしそうに笑った。

「ほら、笑われたじゃないですか」

青木が口をとがらせると、女性が軽く頭を下げた。

「あっ、すみません。警視庁の方ですよね？」

「特命係の杉下です」

「冠城です」

「警視庁サイバーセキュリティ対策本部特別捜査官の青木です。言っときますけど、この人たちと一緒くたにしないでくださいね」

三人の自己紹介を受け、女性も名乗った。

「〈蓮見《はすみ》警備保障〉で蓮見恭一郎《きょういちろう》の秘書をしております、雨宮紗耶香《あめみやさやか》と申します」

「蓮見恭一郎さんってたしか……」

亘のことばを、青木が継ぐ。

「元警察庁刑事局長で、今は警備会社を継いで、二代目社長」

「今日はOBの方もたくさんお見えになっていますが、蓮見社長もいらっしゃっていましたか」

右京のことばに、紗耶香は「はい」と微笑《ほほえ》んだ。

その蓮見恭一郎はクラブを振り下ろしたところだった。ボールが青空に高く放物線を描くと、一緒にホールを回っていた衣笠が大きな声を出した。

「ナイスショット！」

「いやいや、それほどでも」

照れる恭一郎を、衣笠が持ち上げた。

「さすが蓮見先輩」

「現役には負けられないからね。ところで、誠司《せいじ》はちゃんとやってるかな？」

「それはもう。あの若さで既に貫禄まで備えて。立派なご子息です。将来が楽しみですよ」

「いやいや……まだまだ手が掛かってね」

亘はテーブルに立てられた名札に目をやった。

「蓮見誠司？」

「蓮見社長のご子息ですね」

「組対《そたい》三課の係長です」

右京と青木から説明され、亘も組織犯罪対策五課長の話を思い出したようだった。

「ああ、そういえば角田課長、ぼやいてましたね。俺は課長止まりなのに、若いのに抜かされそうだって」

「っていうか、あっという間に抜かされるでしょ。この人はキャリア入庁組で、出世頭なんだから」

青木の発言には棘《とげ》があった。


蓮見誠司は刑事部長の内村完爾、参事官の中園照生と一緒に回っていた。

次のホールに向かいながら、中園が誠司に話しかける。

「それにしても驚いたなあ。誠司くんはゴルフはじめたばっかりだって聞いたけど。ねえ、部長？」

内村がスコアカードを見ながら不機嫌な声で応じた。

「ああ」

「ご迷惑をお掛けしないように練習したんです」

誠司が謙遜すると、中園が揉《も》み手をせんばかりの勢いで言った。

「いやいや、練習したってね、駄目な人は駄目だよ。やっぱり持ってる人は、ゴルフにしても仕事にしても違うよ。ねえ、部長？」

「ああ！」

内村が仏頂面で舌打ちした。


やがてコンペが終わり、参加者たちが着替えをすませて親睦会の会場に入ってきた。

内村の顔を認めた右京が会釈する。

「お疲れさまでした」

「部長、いかがでした？」

小さくスイングの格好をする亘に、スコアの悪かった内村は不機嫌に「黙ってろ」と一喝した。そして、足早にテーブルのほうへ歩いていく。その背中を見ながら、中園が特命係のふたりに頼み込んだ。

「帰りはお前たちの車に乗せてくれ」

「えっ！」亘が驚く。「なんで？」

「今の、見たろ？　帰りも一緒だったら、息が詰まるんだよ」

中園が内村のあとに続くと、蓮見親子がふたりの前に現れた。横には衣笠の姿もあった。

誠司がふたりに声をかけた。

「特命係の杉下さん、冠城さんですよね」

「ええ」右京がうなずいた。

「角田課長からお話はいろいろうかがっています。難事件をいくつも解決してきた方たちだと」

「ほう……」

興味を示す恭一郎に、衣笠が告げる。

「いやいや、先輩、彼らはそんなたいしたもんじゃありませんよ」

恭一郎は特命係のふたりに向き合った。

「蓮見と申します」

「杉下と申します」

「冠城です」

きっちりとお辞儀をするふたりに、恭一郎が言った。

「元警察官としては、そういった話が好物でして。今度ゆっくり聞かせてください」

「我々でよければいつでも」

笑顔で応じる右京に、誠司が名乗った。

「組対三課の蓮見誠司です」

「存じています」

衣笠が右京と亘に誠司を紹介した。

「たいしたもんだよ、彼は。三年前、交番研修時代に凶悪な犯人と遭遇してね。同僚がナイフで殺されそうになったまさにその瞬間、バーン！」衣笠が拳銃を撃つしぐさを交えた。「命を救ったんだ」

「その手柄話なら、聞いたことが」

亘が笑みを浮かべると、誠司は謙遜して俯《うつむ》いた。

「手柄話だなんて……」

恭一郎が割って入る。

「ちやほやされて調子に乗ってるところがありますから、厳しく指導してやってください」

「さあ先輩、行きましょう。あちらです」

衣笠に促され、恭一郎はテーブルへ向かった。誠司は飲み物の置かれたテーブルのほうへ移動した。そこには青木と紗耶香が控えていた。

「飲み物、いただけますか？」

「ビールとウイスキーの水割り、それにコーヒーとウーロン茶と……」

青木が選択肢をあげていると、紗耶香が誠司にオレンジジュースを差し出した。

「どうぞ」

「ありがとう」

受け取る誠司の指が紗耶香の指にさりげなく触れるのを見て、青木は事情を察した。

「ああ、そういうことですか」

親睦会は和やかに進み、散会となった。隠しカメラによって会場が監視されていることとは、結局最後まで参加者の誰も気づかなかった。

右京と亘と青木はエレベーターホールで景品の発送準備をしていた。隣では内村がゴルフで痛めた腰を中園に押してもらっていた。

「もっと下だ！」

「下？　下ですか？」

「もうちょっと右だ」

刑事部長と参事官のやりとりをおかしそうに見ながら、恭一郎が息子と秘書を伴ってエレベーターの前までやってきた。帰る客で混んでおり、エレベーターはなかなかやって来なかった。

「なかなか来ないね」

煙草《たばこ》の箱を叩きながら不満げに漏らす恭一郎に、誠司が言った。

「副総監が帰られるときに一緒に帰ればよかったのに」

「こういう席では、最後まで残って挨拶をするもんだ。お前はこのあと、どうするんだ？」

「友達に会って帰るよ。雨宮さんは明日、休みだよね？」

「はい」

誠司と紗耶香の会話を、恭一郎が聞き咎《とが》める。

「おいおい、親の前でデートの約束か？」目が合った右京たちに恭一郎が説明する。

「こいつはね、私が彼女を秘書に雇ってから、用もないのに会社によく顔を出しましてね」

「父さん」誠司が顔を赤らめた。

「秘書になられたのは最近ですか？」

右京の質問に、紗耶香は「三年前に」と答えた。亘が誠司と紗耶香にささやく。

「おふたりともお似合いですよ」

そのときようやくエレベーターが到着した。恭一郎と紗耶香の他に、警視庁のグループとは別の男性客がひとり乗り込んだ。そこへ内村が腰をさすりながら乗ってきた。

「あっ、私も。お前は乗らんのか？」

エレベーターに乗ろうとしない中園に、内村が詰問した。中園はいきなり亘の腕を取った。

「いや、ちょっと込み入った話がありまして。今日はお疲れでしょうから、どうぞお先に」

「じゃあ、杉下」内村が右京を呼ぶ。

「はい？」

「バッグ、持ってくれ」

「では、冠城くん」右京は相棒に振ろうとしたが、亘に「ご指名ですよ」と言い返され、仕方なく内村のゴルフバッグを持ってエレベーターに乗った。

「お疲れさまです」

青木がすかさず頭を下げる。

「では、よいお年を」

恭一郎がフロアに残った面々に言ったとき、エレベーターのドアが閉まった。


地下駐車場に到着し、エレベーターから降りて数歩歩いたところで、内村が立ち止まった。

「痛っ！」

「どうされました？」

心配する紗耶香に、内村が訴える。

「攣《つ》った！　攣ったよ……」

「情けないねえ」恭一郎が笑う。

「満身創痍《そうい》ですねえ」

哀れむような目で見る右京に、内村が車のキーを渡した。

「積んどいてくれ。蓮見さんの隣だ」

「わかりました」

　右京は内村の車に向かいながら、駐車場のようすを確認した。一緒にゴルフに来たと思《おぼ》しき男性がふたり、そのうちの片方を迎えに来たようすの妊婦がひとり、なにかの薬品を積んだトラックの運転手がひとり、喫煙スペースで煙草を吸っている初老の男がひとりいる。振り返ると、エレベーターで一緒になった男が内村を気遣ってベンチへ誘導していた。

　右京が内村の車にゴルフバッグを積もうとすると、隣の車の後部座席に座った恭一郎が声をかけてきた。

「それじゃ、今度またゆっくり」

　運転席の紗耶香も頭を下げて挨拶する。

「では杉下さん、お先に失礼します」

「よいお年をお迎えください」

　右京がそう返した次の瞬間、大きな爆発音が轟《とどろ》いて、床が激しく揺れた。

二

　爆発音はクラブハウス全体に響き渡り、非常ベルがけたたましく鳴りはじめた。

「な、なんだ？」

度を失う中園に、誠司が冷静に告げた。

「地下のようです」

亘と青木、誠司、中園はクラブハウスから飛び出し、外から駐車場に入ろうとした。しかし、出入り口は瓦礫《がれき》で埋まってしまっており、中に入ることなど到底できなかった。

「マジか……」

声を失う青木の横で、中園が頭を抱えた。「こりゃひどい……」

「いったいなにが……」

誠司が駐車場の管理人の佐々木《ささき》に訊いた。

「わかりません。突然の爆発で気づいたら……」

「中に人はどれぐらい？」

亘の質問に、佐々木が声を震わせながら答えた。

「十人ほどいたかと……」


地下駐車場には粉塵《ふんじん》が立ち込め、視界が利かなかった。右京はスマホを取り出すと、ライトを点《つ》けて、周囲を見回した。

恭一郎と紗耶香は車の中にいた。

「大丈夫ですか？」

「はい」紗耶香が怯《おび》えた声で応じた。「社長は？」

後部座席にうずくまっていた恭一郎が上体を起こす。

「大丈夫だ」

車を降りたふたりとともに、右京は状況を確認した。出入り口は瓦礫の山で塞《ふさ》がれてしまっていた。

「完全に埋まってるようですね」

「出られないのか？」

「そのようです」

心配そうな恭一郎に、右京が冷静な回答を返したとき、近くで男のうめき声が聞こえた。

「内村部長ですか⁉」

粉塵の向こうでスマホの明かりが点いた。

「ああ、俺は無事だ！　そっちは？」

「三人とも無事です！」

そこへ駐車場に閉じ込められた人々が、それぞれスマホの明かりを点けて集まってきた。

「皆さん、大丈夫ですか？」

恭一郎の呼びかけに、複数の声が返ってくる。

「はい」「たぶん」「なにが起こったんです？」

紗耶香が不安そうに質問した。

「事故でしょうか？」

「いえ」右京が三つの方向を指差した。「出入り口、エレベーター、非常階段……それぞれがピンポイントで壊され、塞がれています。どうやら事故ではないようですね」

「事故じゃない？」

エレベーターで一緒になった男が声をあげる。

「じゃあ、あの爆発は？」

内村の言いたいことを、恭一郎が先に口にした。

「まさか爆弾か？」

「いったい誰がなんのために？」

「冗談じゃない……出してくれよ！」

パニックになりかける妊婦と若い男に、右京が悲観的な見解を示す。

「外からの救出を待つ以外、ここから出る方法はなさそうです」

妊婦の連れ合いらしき眼鏡の男が訴える。

「救出っていつだよ？　カミさん、お腹《なか》大きいんだ」

こんなときも右京は冷静に、その場の人々の数を数えた。

「ちょっと待ってください。ひとりいません。煙草を吸ってた人……」

「たしかに」内村もその男を覚えていた。

「まさか」

エレベーターで一緒になった男の声は上擦っていた。

「巻き込まれた……」

右京がぽつりとつぶやいた。


その頃、駐車場の外では青木が瓦礫の間から粉々に砕けた金属片を見つけた。

「これって……」

亘が目を近づけた。そして、金属片から配線コードが伸びているのに気づいた。

「起爆装置だ」

「起爆装置⁉」中園の声が裏返る。

誠司の脳裏に不吉な連想が浮かんだ。

「まさか……テロ？」


駐車場では、行方がわからなかった喫煙スペースの初老の男が粉塵の向こうから姿を現したところだった。

「ご無事でしたか」

右京は安堵《あんど》の表情になったが、内村は男に毒づいた。

「人騒がせな奴め」

そのとき右京は男が右手に拳銃を握っているのに気づいた。ほぼ同時に男が右手を明後日のほうへ向け、引き金を引いた。乾いた銃声が密室状態の駐車場に響き、女性たちが悲鳴をあげた。

男が声を張りあげる。

「よく聞け。お前らは人質だ」

「なんだと?」内村が低い声でうなる。

男が上着を脱ぎ捨てる。腹に晒《さらし》を巻き、両肩には入れ墨を背負っているのが明らかになった。

「〈関東儀陽会《ぎようかい》〉の溝口《みぞぐち》だ。生きてここから出たけりゃ、黙って俺の指示に従え」

「〈関東儀陽会〉?」

恭一郎がおうむ返しに訊き返す。

「最悪だな」内村がぼそっと漏らした。

「そういうことだ。おとなしくしてろよ」

溝口が全員を睨《にら》みつけたとき、紗耶香のスマホの着信音が鳴った。

「あっ……」

溝口が銃口を紗耶香に向けた。

「出るんじゃねえぞ！　まずは全員、携帯と身分証を出せ」


駐車場の外では、紗耶香が電話に出ないので、誠司が気を揉んでいた。

青木は右京に、中園は内村に電話をかけたが、呼び出し音が鳴るだけで、やはり繋《つな》がらなかった。

「まさか全員爆破で……」

中園が不吉な予想を口にしたとき、亘が言った。

「これが犯罪だとしたら、爆弾はこれだけなんですかね？」

亘はふと思いつき、警備室に駆け込んだ。青木と誠司も従った。防犯カメラのモニターを見せてもらったところ、地下駐車場のモニターだけ、画面が真っ暗だった。

「地下駐車場に防犯カメラは？」

警備員が困惑した顔で答える。

「それが今朝から故障して……」

「今朝から？」

「はい。映像が映らなくて、修理を呼んでいたところです」

「地下駐車場だけ？」青木が確認する。

「はい」

「犯人が事前に切っておいたんでしょう」

誠司の推察を受けて、青木が嘆く。

「誰が巻き込まれたのか、わからないじゃないですか」


溝口はゴルフボール用のバケツを用意し、ひとりずつスマホと身分証を集め、最後に残った三十代らしき男に迫った。

「さっさとしろよ」

「ありません」男が声を震わせる。

「ああ？」

「携帯、車に置いてきてしまって……。取りに行ってもいいですか？」

「ああ」

「すぐに戻ります」

溝口が男の背中に呼びかける。

「なあ、さっき、携帯でライト点けてなかったか。なに取ってくるつもりだ。ゴルフクラブか、え？」

男が振り返るまもなく、溝口の拳銃が火を噴いた。男はそのまま床に崩れ落ちた。男に駆け寄ろうとする右京を拳銃で制し、溝口が吠《ほ》えた。

「動くな。全員ああなるぞ」


亘たち三人はフロントに行き、ビジターカードを見せてもらった。

「すでに精算をすませて帰ったのはこれだけ」

亘の手には四十人分ほどのカードがあった。誠司が佐々木の話を思い出した。

「駐車場には十人ほどいたという話でした。父たちを除くと、この中にいる五、六人が巻き込まれている可能性があります」

「で、どう絞り込むんです？」

青木の問いかけに、亘が何事でもないかのように言い放つ。

「もちろん、手当たり次第に電話をかけるんだよ」

三人は手分けして、電話をかけた。その結果、真鍋克彦《まなべかつひこ》、宇津井将史《うついまさし》、奥村悟《おくむらさとる》の三人のカードだけが残った。亘がつぶやいた。

「今日のビジターで、連絡つかないのはこの三人」

地下駐車場では、溝口が集めた身分証の写真と人質の顔を照合していた。

「真鍋克彦……来島篤郎《くるしまあつろう》」

真鍋は右京たちがエレベーターで一緒になった男だった。来島はトラックの運転手だった。

「……宇津井将史……宇津井亜紀《あき》。女房だな？」

宇津井はお腹の大きな妻と身を寄せ合って震えていた。

溝口が床に倒れて動かなくなった男に目をやり、宇津井に質問した。

「あんたと一緒に来てたあの男は？」

「奥村です。奥村悟」


フロントでは亘が佐々木から話を聞いていた。

「除草剤の納品に来た業者のトラックがありまして、入庫の際にサインをもらってます」

そこには「来島篤郎」という手書き文字が読み取れた。佐々木が続ける。

「それともうひとり、旦那さんを迎えにきた妊婦の方がいらっしゃいました」

「旦那？」

「どれだ？」

誠司と青木が残った三人のビジターカードに目を落とす。亘は宇津井将史のカードを指差した。

「この人。迎えにきたということは、仲間の車に乗ってここに来た人。真鍋さんはひとり客です。残りふたりのうち、宇津井さんのビジターカードの記入時刻は奥村さんより七分早い。一緒に来ていて七分差ができるということは……」

誠司が亘の考えを読んだ。

「奥村さんが運転してきて、宇津井さんをエントランスで降ろしたあとに、車を駐車場に停《と》めて上がってきたから」

「そういうこと」

溝口はさらに照合を続けた。内村の健康保険証には警察共済組合の文字が印刷してあった。

「内村完爾……警察官か？」

「ああ」

内村が聞き取りづらい低い声で認めた。

「杉下右京……あんたもか？」

「ええ」

溝口が残りのふたりの名前を読み上げた。

「雨宮紗耶香……そして、蓮見恭一郎」

駐車場の外にはレスキュー隊が到着したところだった。出入り口の瓦礫を前にして、隊長が誠司に訊いた。

「中の人数は把握されてますか?」

「少なくとも九人」

亘がコード付きの金属片を拾い上げた。

「この起爆装置が仕掛けられていました。爆破されたのは出入り口、エレベーター、非常階段です」

「テロの可能性があります。まだ爆発物が残されてる可能性も。くれぐれも作業は慎重にお願いします」

誠司が言い添えた。

中園のスマホには、衣笠からの電話がかかってきた。

——犯人からの声明などは?

中園が緊張した声で答える。

「いえ、まだ……」

――わざわざその場所で犯行をおこなったということは、我々警察を狙ったテロの可能性がある。巻き込まれた一般客は無事なのか？

「いや、今、レスキュー隊が到着したばかりなのでなんとも……」

――逐一、状況を報告しろ。

「はっ！」

中園は見えない副総監に向かって頭を下げた。

溝口は持ってきたロープを床に放り投げ、銃口を真鍋に向けて命じた。

「全員、後ろ手に縛れ」

ロープを拾った真鍋は、どこかから水が滴るような音が聞こえてくるのに気づいた。

「この音……」

恭一郎もその音を気にした。

「なんの音だ？」

「あれのようです」

右京がトラックの荷台のドラム缶を指差した。穴が開き、そこから液体が流れ出ていた。

「先ほどの威嚇射撃が当たったようですね」

トラックの荷台には危険物を運ぶ車であることを示す「危」の標識があった。

「おいおい！」

「やばいぞ！」

内村や宇津井が声をあげ、一同に動揺が広がった。

すると溝口が天井めがけて拳銃をぶっ放した。騒ぎ出した人々がたちまち静かになる。

溝口が来島に訊いた。

「おい、なに、運んでた？」

「除草剤と薬品……」

「どっちが漏れてんだよ？」

来島はドラム缶の色を確認し、「あの色は薬品」と答えた。

「なんて薬品だよ？」

「ス……ステアなんとか……」

「どう危険なんだよ？」

「水をかけちゃいけないと……」

液体は荷台から床にこぼれ、排水溝のほうへゆっくり流れていこうとしていた。右京がふたりの会話に割りこんだ。

「よろしいですか？」

「なんだよ？」溝口が右京を睨む。

「危険物を運搬するトラックには、万が一事故に遭ったときのために、薬品名やその性質などが記載されているイエローカードの携行が義務づけられているはずです」

「じゃあ、取ってこい。余計なことをしたら……」

目線で銃を示す溝口に、右京がうなずいた。

「承知しています」

右京は立ち上がり、トラックに近づいた。運転席に乗り込むと、助手席に道具箱があった。それを開けてみたが、中には軍手や防毒マスク、電動ドリルなどが入っており、イエローカードは見つからなかった。運転席と助手席の間のコンソールボックスを開くと、イエローカードはそこに収まっていた。取り上げて、トラックから降りた右京は、溝口のほうへ歩きながら、薬品名を読み上げた。

「薬品名はステアリン酸アキロイド。水と反応して塩化水素を発生するようです」

「塩化水素？」

訊き返す溝口に、右京が説明した。

「極めて危険な有毒ガスです。目、鼻、喉の粘膜を損傷し、大量に吸入すると死に至ります。このまま排水溝に流れ込めば、あなたもひとたまりもありません。まずは流れを止めてはいかがでしょう?」

クラブハウスの敷地内に建てられたテントにパソコンやホワイトボードが運び込まれ、爆破事件の臨時の捜査本部ができ上がった。そこへ捜査一課の伊丹憲一や芹沢慶二、組織犯罪対策五課の角田六郎などの捜査員が集まった。

伊丹が亘に声をかける。

「とんでもねえことになったな」

「本当ですよ」

「杉下警部も巻き込まれてるんでしょ?」

芹沢が確認すると、青木がいつもの調子で半笑いしながら悲観的な見通しを口にした。

「生きてるかどうか、わかりませんけどね」

誠司は角田に尋ねた。

「状況は聞いていますか?」

「警察を狙ったテロの可能性もあると……」

そのとき、パソコンに向かっていた捜査員が中園を呼んだ。

「参事官!」

「どうした?」

「犯行声明文です！　たった今、警視庁ホームページの問い合わせ用アドレスに……」

「読み上げろ」

中園に命じられ、捜査員が全員に聞こえるように声を張った。

「〈蓮見警備保障〉社長・蓮見恭一郎を含む八名を人質に取り、既に一名を射殺した」

射殺のひと言に、テント内が騒然となる。捜査員が続けた。

「死者を増やしたくなければ、会長・富樫《とがし》茂雄《しげお》以下、収監されている七名の組員の釈放を要求する。なお、直ちに救出作業を中止せよ。さもなければ人質の命はない。〈関東儀陽会〉溝口正吾《しょうご》」

組対三課の誠司はその暴力団をよく知っていた。

「〈関東儀陽会〉……」

伊丹も悪名高き〈関東儀陽会〉のことは聞き及んでいた。

「よりにもよって……」

「ああ」角田がうなずく。「平気で人を殺す連中だ。連中をきっかけに、暴対法ができたと言ってもいい」

中園が特殊班の捜査員を呼びつけた。

「直ちに、その溝口に連絡を取れ」続いて伊丹たちに指示を出す。「ファイバースコープの準備だ！　中の状況を確認するぞ」さらに、角田に命じた。「〈儀陽会〉の連中、誰がどの刑務所に収容されてるか調べろ」

地下駐車場では、人質たちが手袋をはめ、自前のスポーツタオルなどでこぼれ出した薬品を拭い取っていた。

電話をかけている溝口を見やって、紗耶香が右京に耳打ちした。

「交渉がはじまったんでしょうか……」

「そのようですねえ。溝口の要求で考えられるのはふたつ」

内村がひそひそ話に加わった。

「金か、仲間の釈放だな」

「そこで、蓮見社長の存在が気に掛かります」

「社長の？」

意外そうな顔になる紗耶香に、右京が説明した。

「蓮見社長は当時、警察庁刑事局長として、暴対法の成立に関わっていました。いわば、生みの親」

内村にも右京の言いたいことがわかった。

「まさか溝口は蓮見さんを狙って？」

「おそらく。交渉の切り札をそう簡単に殺すとは思えませんが、十分気をつけて」

右京から告げられ、紗耶香は「はい」とうなずいた。

三

捜査本部のテントに捜査員がやってきて、誠司を呼んだ。

「蓮見係長、会社の方が……」

ちょうど一緒にいた亘とともに外に出た誠司は、そこに〈蓮見警備保障〉の常務がいるのを見て、目を丸くした。

「えっ、なんでここに？」

常務の佐分利俊明《さぶりとしあき》の顔は青ざめていた。

「知らせを聞いて心配で……。社長は今、どのような状況で？」

「確認中です」

「雨宮くんも一緒に？」

「ええ……」

思わずうつむく誠司に、亘が訊いた。

「こちらは？」

「ああ、父の会社の常務です」

「佐分利と申します」

「冠城です」

誠司が佐分利に言った。

「ここは危険です。なにかあれば伝えるので、会社で待機を」

しかし、佐分利は誠司の目を見て訴えた。

「いやいや、そういうわけにはいきません！　社長のそばに……」

「じゃ、俺は現場に」

亘が駐車場の出入り口のほうへ向かうのを見送って、佐分利がさらに訴えかけた。

「誠司さん」

佐分利の真剣な表情に、誠司が折れた。

「上には伝えておきます。ですが、本部の中に入れるわけにはいかない。目の届くところにいてください」

「十分です。ありがとうございます。それにしても、なぜ社長ばかり。これで二度目ですよ？」

「ええ」

誠司が暗い顔になるのを、会話を盗み聞きしていた青木は見逃さなかった。

右京は内村と紗耶香から離れ、ドラム缶の穴を塞いで荷台にロープで結びつけている真鍋に近づいた。

「失礼ながら、お仕事はなにを?」

真鍋の表情が険しくなった。

「なぜです?」

右京は真鍋のロープワークに注目した。

「それ、二重8の字結びですねえ。一般的には、カラビナやハーネスを結ぶときに使うものです」

「山登りが趣味で」

続いて右京は真鍋の靴に視線を落とした。

「それにその靴、靴ひもの先を内側に折り込んで、物に引っかからないようにしてあります。さらに上着。ボタンをいつもきちんと閉めて、ポケットのフラップを中にしまい込んでいる」

「だからなんです?」

離れようとする真鍋を引き留めるように、右京がいきなり暗誦をはじめた。

「『ボタンひとつ、靴ひも一本にまで注意を向ける心構え、それが習慣化されるようになってはじめて救助活動に臨む基礎が完成される』。消防学校で最初に教わることばです。もしかして、そうしたお仕事に就いているのではないかと思いましてね」

「ええ、まあ……」

真鍋が渋々認めたとき、溝口がふたりのようすに苛立《いらだ》ちを露《あら》わにした。

「なにをぐちゃぐちゃしゃべってる！」

捜査本部のホワイトボードには、溝口の犯行声明文と人質の名前を書いたメモが貼り出されていた。蓮見、内村、杉下、雨宮、真鍋、奥村、宇津井、宇津井の妻、来島という九枚のメモを真剣に見つめている亘に、伊丹が訊いた。

「なに？　どうかしたのか？」

「おかしいですよ、これ」

「なにが？」

「声明文には『八名を人質に取り』とありますけど、このメモ、何枚あります？」

角田がすばやく数えた。

「九枚だな」

亘が気がかりの正体を明かした。

「数が合わない」

「もしかして、ひとり爆破で……」

芹沢の意見を、亘は途中で遮った。

「それはないんじゃないかと」

「なんで？」

疑問を投げかける伊丹に、亘が推理を語った。

「人質一名を殺したと誇らしげに報告するような奴ですよ。自分の仕掛けた爆破に戦果があったんだったら、当然、それも言ってくるはずです」

「ってことは、爆破による死者はいないってことか？」

「そこです。今回の爆破は、脱出経路だけがピンポイントに壊されてて、巻き込まれている人もいない。溝口にそんな技術があるのか……」

「たしかにそうだな」角田が認めた。

「なにが言いたいの？」

芹沢が迫ると、亘が疑念を明らかにした。

「いるんじゃないかと思って。この中にひとり、溝口の仲間が」

夜になり、電話をかける溝口の声に憤りの色が混じるようになっていた。

「百億出せって言ってんじゃねえよ。俺の仲間を刑務所から出せって言ってんだよ！準備もクソもあるかよ、馬鹿野郎！　ドア開けりゃ、それで済む話じゃねえか。ったく。何時間かかってんだよ」

人質たちは後ろ手に縛り上げられ、一カ所に集められていた。

紗耶香が溝口のほうを目で示した。

「苛立ってますね……」

内村が苦虫を嚙《か》み潰したような顔になる。

「まずいな」

「寒い……」

震える亜紀を、宇津井が気遣う。

「大丈夫か？」

恭一郎が静かに言った。

「この先、もっと冷えてくる。こんなもんじゃない。救出だって、下手すりゃ二、三日かかる」

「こんな状態のままで？」

内村は不服そうだった。来島が恭一郎に目を向けた。

「詳しいんだな」

「まあ……」

「経験が？」宇津井が訊いた。

「ああ。五年前に一度」

恭一郎のことばを聞いた右京が腑《ふ》に落ちたような顔になった。

「なるほど。そういうことでしたか」

「なにがだ？」内村は腑に落ちていなかった。

「出入り口の崩落、真冬の停電、ステアリン酸アキロイド。今のこの状況は、五年前のトンネル崩落事故を彷彿とさせます」

「どういうことだ？」

内村が問い質《ただ》そうとしたが、恭一郎が遮った。

「あまり嫌なことを思い出させないでくれるかな」

「これは失礼」右京は口をつぐんだ。

そんなやりとりを、真鍋は口を挟むことなくじっと聞いていた。


テントの中の捜査本部では、亘が一心に考えを巡らせていた。

「溝口はなんでこんな手の込んだ方法を取ったんでしょうかね？」

「たしかにな」角田が認めた。「人質を取る方法なら他にもあったろうに」

「蓮見社長がついていないのはたしかですよ」

芹沢のことばを伊丹が受けた。

「まあ、事故と事件は違うとはいえ、二度も閉じ込められるなんてな」

「とんだ人生だ」

芹沢は軽く受け止めたが、亘は慎重だった。

「それにしてはできすぎてる。こんな偶然、あるんですかね？」

「なに？」

伊丹が疑問を抱いたところへ、青木が得意げにやってきた。

「知ってました？」

「なにが？」芹沢が訊く。

「蓮見係長と一緒にいたおっさんが妙なこと言ってて……」

「佐分利さんか」と亘。

「で、調べたら……」

青木がタブレット端末を差し出した。ディスプレイには二〇一四年十二月二十二日の新聞記事が表示されていた。亘たちは覗《のぞ》き込み、その見出しを読んだ。

――乃江木《のえぎ》トンネル崩落
　崩落から2日目　男性救出「奇跡的」

　元警察庁　蓮見恭一郎氏
覗き込んだ者たちの顔がすぐに失望の色に染まったのを見て、青木は啞然《あぜん》とした。

「あれ？」

眼鏡を額にずり上げてディスプレイを見ていた角田が興味を失って、眼鏡を戻した。

「勿体《もったい》つけて、なにかと思えば……」

伊丹は吐き捨てるように言った。

「誰でも知ってる」

「五年前だろ？　天井の落盤でトンネル内が塞がって、二十人くらいが中に。あれ、救出に二、三日かかったんじゃなかったかな」

芹沢が記憶を探ると、角田が続いた。

「そうそう。トラックの荷台にあったドラム缶が破損して、漏れ出した薬品から有毒ガスも発生したんだよな」

「あっ、そう、有名。ならいいですよ」

青木は憮然《ぶぜん》としてタブレット端末を亘の手からもぎ取った。

「ちょっと待った」

亘はタブレットを奪い返し、記事の一部を拡大した。

――救助隊員・真鍋克彦さんが瓦礫から救出
「これ……」

「ビジターカードにあった真鍋克彦という男の経歴で、気になることがありました」

亘はそう前置きすると、発見した記事を誠司と佐分利に見せた。

「これ、どういうことですか？」

戸惑う誠司に、亘が説明する。

「レスキュー隊は閉じ込められた人を救出するときに、爆破を仕掛けることもあります。もちろん人を巻き込まないように配慮して。もし真鍋が蓮見社長になんらかの恨みを持っているのだとしたら、溝口と共謀してこの事件を起こしたとしても不思議じゃありません」

「恨み？」誠司が訊き返す。

「トンネル事故のとき、真鍋となにかあったんですか？」

亘が問い詰めても、佐分利は首を横に振るばかりだった。

「知りません。五年前も今も、社長はただの被害者です」

溝口の我慢はもう限界に達していた。捜査本部にかけた電話に、怒りをぶつけた。

「いいかげんにしろ！　釈放する気あんのか？　時間稼ぎに交渉を引き延ばしてるだけだろ！　上等だよ。そういうことなら、こっちにも考えがあるぞ！」

溝口は銃を構えると、銃口を恭一郎へ向けた。

「おい！　ちょっと待て……」

青くなって尻込みする恭一郎に狙いを定めたまま、溝口は電話の向こうの特殊班の捜査員に言った。

「聞こえてるか？　脅しじゃねえぞ」

「おい……やめろ！」

恭一郎の命乞いの声が電話を通して伝わったのか、答えが返ってきた。

――落ち着け。要求は必ず実行する。

しかし、溝口は警察の引き延ばし作戦にこれ以上付き合うつもりはなかった。犠牲者が出れば、警察も考えを改めるだろう。そう考えて、恭一郎を撃つことに決めた。

「やめなさい！」

恭一郎の隣に座った右京が叫ぶ。しかし、そんなことばはいまの溝口にはなんの抑止力にもならなかった。

「や……やめろ！」と震える恭一郎に向けて、ためらうことなく引き金を引いた。

「せいぜい後悔しろ」

しかし、次の瞬間、予想外のことが起こった。右京が身を投げ出すようにして恭一郎めがけて飛び込んだのだ。

捜査本部では中園以下全員が息を呑んで、駐車場でのできごとを電話越しにうかがっていた。

――せいぜい後悔しろ。

溝口の押し殺した声が聞こえたかと思うと、乾いた一発の銃声がスピーカーを通して炸裂《さくれつ》した。

捜査本部に緊張が走る。溝口の相手をしていた特殊班の捜査員がなにか言い返す前に、電話は切られていた。

「切れました……」

中園が唇を嚙みしめて命令する。

「状況の確認だ。もう一度、連絡しろ！」

特殊班の捜査員はすぐに電話をかけ直したが、溝口はなかなか出ようとしなかった。呼び出し音が数回鳴ったあと、ようやく電話が通じた。

――大丈夫だ……。

聞こえてきたのは憔悴《しょうすい》した恭一郎の声だった。

「怪我《けが》は？」

中園が訊いた。それに答えたのは溝口だった。

――蓮見は無事だ。代わりに杉下って奴がな……。

溝口がもたらした情報に、亘が敏感に反応した。

溝口はそう言うと、電話を切った。

「右京さん……」

——早く釈放しねえと、次は本当に誰か死ぬことになるぞ。

送話口に脅し文句をぶつけて電話を切った溝口は、右京の前に立ってにやりと笑った。

「早く釈放しねえと、次は本当に誰か死ぬことになるぞ」

「あんたも無茶するよな」

溝口が引き金を引いたとき、右京はとっさに恭一郎に体当たりしていた。その結果、恭一郎は右京に押し出されるように横へ倒れ、拳銃の弾は右京の腕をかすめて駐車場の奥へと消えたのだった。この捨て身の行動により、右京は腕を怪我したが、気力は衰えていなかった。眼鏡の奥の瞳に不屈の闘志をたぎらせ、溝口を見据えた。

「あなたの思い通りにはさせません！」

捜査本部のテントの中では、中園が焦っていた。

「要求を呑むわけにはいかん。だが、救出作業もできん！」

「ファイバースコープはどうなっていますか？」

誠司の質問に、特殊班の班長が悔しそうに答える。

「レスキュー隊と組んで作業中ですが、瓦礫が多くてまだ半分程度までしか……」

「半分?」中園が声をあげた。「あと何時間かかるんだ?」

「朝方には……」

中園は角田に向き合った。

「捕まってる〈関東儀陽会〉の構成員についての調べは?」

「既に、各刑務所にも連絡済みです」

角田の答えを聞いた誠司が提案した。

「では参事官、至急、溝口が会長の富樫と話ができるように手配をしましょう」

「しかし……」中園が渋る。

「今はそれしか他に打つ手がありません」

誠司の意見を、亘が後押しした。

「時間さえ稼げば、きっと打つ手は見つかるはずです」


地下駐車場では、紗耶香が右京の腕に止血のためのハンカチを巻きつけていた。

「大丈夫ですか?」

「心配いりません」

右京が答えると、拳銃に弾を詰め直していた溝口が「余計な口きくな」と紗耶香を引き立てた。そして、再びロープで後ろ手に縛る。そのうえで恭一郎の前に屈《かが》んだ。

「……にしても、あんた、いい仕事してくれたよ。おかげで警察も動くだろう。次の電話が楽しみだよ」

宇津井が声を震わせて質問した。

「それで……うまくいったら、助かるんですか?」

「おう。だがいかなかったら、あんたらを殺し続ける」

溝口は拳銃を構え、全員の顔を舐《な》めるように銃口を動かした。

「うまくいったとして、あなたはここからどうやって出るおつもりですか?」

右京の質問に、溝口は不敵な笑みを浮かべるだけで答えを返さなかった。

「出ることなど考えていない……」

右京の読みは正しかった。

「肝臓をやっちまってな。もって半年」

「なるほど。あなたを説得するのは無理なようですねえ」

「そういうことだ」

溝口のことばは人質全員を絶望の淵に叩き落とすのに十分だった。

四

亘は地下駐車場の入り口で、レスキュー隊の中里《なかざと》という隊員を呼び止め、話を聞いていた。

「真鍋さんのことですか？」

「ええ。中里さんは以前、同じ所属だったと聞きましたが」

「そうです。まさかこんなふうに再会するとは……」

「当時、真鍋さんがレスキュー隊を辞めた理由は聞いてませんか？　あのトンネル事故のあとに辞めてますが」

亘が訊くと、中里は真鍋のことばを引いた。

「『俺にはもう人を助ける資格はない。正義を失った』と」

「むしろお手柄だったんじゃないですか？　新聞に蓮見社長を助けたと名前が載るほど」

「たしかに、そこだけを見ればそうなんですが……」

中里が濁したことば尻が、亘は気になった。

「……というと？」

「あのときは、救出に小さな穴しか確保できなくて、まずは確実にそこを通せる子供たちから救おうって話でした。ですが、真鍋さんは先に蓮見社長を助けたんです」

「まさか忖度《そんたく》で？」

「いえ、蓮見社長は気管支喘息《ぜんそく》で危険な状態でした。ところが蓮見社長を助けた直後にまた落盤が起きてしまったんです。取り残された人たちが救出されたのは半日後。その間に亡くなった方もいます……」

述懐する中里の顔には深い後悔の念が浮かんでいた。

「ですがそれは……」

慰めようとする亘を、中里が遮った。

「蓮見社長の救出には時間がかかりました。あの人ひとりにかけた時間で、何人の子供や女性が助かったか……。言っても仕方のないことです。ですが、真鍋さんは良心の呵《か》責《しゃく》を覚えたんだと思います」

その頃、地下駐車場では真鍋が右京のようすをうかがっていた。

と、溝口が宇津井夫妻の前に屈んだ。

「何カ月？」

「えっ？」

虚をつかれた宇津井は、溝口になにを訊かれたかわからなかった。

「女房」

「ああ……」

宇津井が答えあぐねていると、亜紀が絞り出すように言った。

「……八カ月」

「あんた、ろくな親父じゃねえな」溝口が立ち上がり、遠いところを見るような目で語った。「うちはいい親父だった。兄弟も多いときで二百四人」

「あんたの組の話か」

恭一郎のひと言で、溝口がいきなり立つ。恭一郎、右京、内村に次々と銃口を突きつけてわめき散らした。

「家族の話だよ！　それが今じゃ十六人だ……。やってくれたよな、あんたら。捕まったり、辞めちまったりで、家族みんなバラバラにしてくれたよ！」

そのとき、溝口のスマホが鳴った。人質から少し離れて電話に出る。

「おう。釈放の用意できたか？」

――その前に、会長の富樫が話をしたいと言っている。

「親父が……？」

〈関東儀陽会〉の会長、富樫茂雄は独房で眠っているところを起こされ、刑務所の一室に連れてこられた。そして、特殊班の捜査員から事情を聞かされ、原稿を渡された。

「いいか？　この通りに話せ。溝口は会長であるお前の釈放を一番に望んでる。そのお前が司法手続きに時間がかかると説けば、奴も待つしかない」

そう言い含められて、受話器を取った富樫は、まずデスクの上の原稿を払いのけた。捜査員や刑務官が富樫を取り押さえようと立ち上がる。富樫は送話口を手で覆うと、「ガタつくな！」と一喝して場を凍りつかせ、電話に出た。

「俺だ……」

——親父……。

「俺たちのために、釈放を要求してくれてるんだってな。お前さんの気持ちはありがてえんだがな……もう……ヤクザなんて流行らねえよ」

信じられないひと言を聞かされた溝口は耳を疑った。富樫が続ける。

「ここの中ならメシの心配はいらねえし、病気になれば面倒もみてくれる。もう……そっとしといてくれねえか？」

——えっ……。

「今まで世話になった。ありがとな」

富樫は溝口の返事を待たずに受話器を置くと、驚いて見つめている捜査員や刑務官にぽつんと言った。

「俺のことばで……話したかっただけだ」

富樫との通話を終えた溝口は、しばし呆然としていた。やがて我に返ると、蓮見恭一郎への怒りが一気に押し寄せてきた。

溝口が恭一郎の胸倉をつかむ。

「畜生！　全部お前のせいだ！　お前が作った暴対法はな、ヤクザにみんな死ねって言ってんだよ！　家は借りられねえ、口座は作れねえ、葬式は出せねえ……。人間はみんな平等じゃねえのかよ⁉」

右京は先ほどからずっと後ろ手に縛られたロープを解こうと、背中で懸命に手首を動かしていた。その甲斐があってようやく縛《いまし》めが緩んだときには、溝口が拳銃を恭一郎のこめかみに当てていた。

「死ね」

溝口が引き金を引くよりわずかに早く、右京はポケットから取り出したリモコンキーのボタンを内村の車に向けて押した。ピピッという電子音が鳴り、車のドアが解錠された。

その音に気を取られた溝口の一瞬の隙を右京がついた。ロープを振りほどいて溝口の拳銃を叩き落とし、瞬く間に溝口を組み伏せたのだった。次いで、自分が縛られていたロープで、溝口を後ろ手に縛り上げた。

そして、人質全員のロープを解いたのだった。

「やっぱり、杉下右京だな」

内村がほっとしたようすで手首をさする。

「少々時間がかかってしまいましたがね」

右京はそう応じると、身動きできなくなった溝口に向き合った。

「さて、なにから訊きましょうか？　あなたひとりの犯行ではありませんね？　蓮見社長がここに来ることをどのように知ったのですか？」

なにを訊いても、溝口は口を結びそっぽを向いたままだった。

「なにも答える気はありませんか」

溝口が取り上げた身分証と携帯電話が各人に戻された。誰もがまず電話をかけようとしたが、繋がらなかった。

「どうなってんだ？　奴はずっと話してただろ？」

溝口に視線を向けて不審そうに訊く恭一郎に、右京が答える。

「妨害電波が出ている可能性がありますねえ」

右京は四人の人質の名前を呼んだ。

「真鍋さん、来島さん、宇津井さん、亜紀さん。あなた方は初対面ではありませんね？

皆さんは五年前のトンネル崩落事故で、被害に遭われた方々なのではありませんか？」

その頃、捜査本部でも亘が同じことに気づいていた。

「まだトンネル事故なんかにこだわってるんですか？」

いつまでもトンネル事故の資料を調べている亘を、青木はそう冷やかした。しかし、亘は確信していた。

「真鍋はビジターカードに実名を書き残してる。よほどの覚悟がなきゃ、そんなまねはしない。必ず関係がある」

そして、トンネル事故の被害者一覧の中に、ついに奥村、宇津井、来島の名前を見つけたのだった。

「真鍋も含め、今、駐車場にいる人たちは全員、五年前のトンネル事故に関係している。こんな偶然あるか……？」

亘は地下駐車場でなにが起こっているのか考えていた。

「どういうことですか？」

恭一郎は事情が呑み込めていなかった。右京が真鍋の前に立ち、推理を語った。

「この爆破を仕掛けたのは、真鍋さん、あなたですね？　あなたは人を助ける仕事をしていると言いながら、こんな状況にもかかわらずそれを隠していました。それは、皆さんにとって、この爆破が予定どおりのことだったからなのでしょうねえ。あなたの仕事がレスキュー隊ならば、爆破はお手の物のはずです」

右京は来島の前に移動した。

「そして、トラック運転手の来島さんが有毒ガス発生の演出をした。トラックの中に運搬には必要のない電動ドリルが積まれていました。頃合いを見計らって、ドラム缶に穴を開け、液体を漏らすつもりだったのでしょう。ですが、爆破で人を巻き込まないよう配慮していたあなた方が、本物の薬品を使うとは思えません」

さらに宇津井夫妻の前に歩を進める。

「亜紀さんはご主人の宇津井さんを迎えにくるという名目でここに来ました。はじめから不思議でした。ただ迎えにくるだけならば、玄関に横付けにすればいい。身重でゴルフ客を装えないあなたがここに居合わせる理由を作るために、宇津井さんは来るときは奥村さんの車で一緒に来たのでしょうねえ。そう、皆さんの目的はゴルフではなく、この駐車場でした」

内村が疑問を口にした。

「なんでそんなことを？」

「そこです。そのようにして皆さんがここに集まった目的は、蓮見社長の前で五年前のトンネルの中の状況を再現することでした。トンネルの中でなにがあったのかはわかりませんが、単なる復讐《ふくしゅう》であれば、殺せば済む話です。しかし、このような方法を取ったということは、それ以外になにか別の目的があったのでしょうねえ。ところがそこに、溝口という招かれざる客が紛れ込んだために、皆さんの計画は大きく狂ってしまった。皆さんはいったいなにをしようとしていたのですか？」

恭一郎が笑いながら前に出てきた。

「私が君たちにいったいなにをしたというんだ？」

「本気で言ってるのか？」

宇津井の声は怒りで震えていた。来島が恭一郎の目を見て言った。

「あんたのために、こういう手を使ったんだ」

亜紀も続いた。

「五年前のことを思い知らせてやるためにね」

真鍋が右京に説明した。

「あなたの言う通り、妨害電波の装置も用意しました。でも、それを持っていた奥村さんは……」

「だから、急に妨害電波が入るわけないんだ！」

真鍋のことばを継いだ宇津井の発言を聞き、右京はハッとした。急いで奥村の遺体のところへ走る。他の者も右京のあとを追った。あるはずの遺体はどこにもなかった。それを口にしたのは亜紀だった。

「消えてる……」

「生きてたのか？」内村が当惑顔になる。

右京が奥村の役割に思い至った。

「つまり、彼は溝口の仲間……」

「でも、どこへ？」

来島の問いには、すぐに答えがあった。女性の甲高い悲鳴に振り返ると、奥村が紗耶香の喉元にナイフを突きつけていたのだ。

「そういうことです。気がついたときには遅いですけど……」

不敵な笑みを漏らす奥村に、真鍋が怒りをぶつけた。

「裏切ったな」

「裏切った？」奥村が哀れむような目で言い返す。「僕ははじめからあなたたちの仲間じゃない」

奥村は、ゴルフコンペの後に開かれた親睦会のフロアをビデオカメラで監視していた男だった。

五

中園の立ち会いのもと、亘は伊丹、芹沢とともに誠司と佐分利から話を聞いていた。

「駐車場にいたのは、溝口以外、全員、トンネル事故の関係者でした」

亘のことばを、芹沢が受ける。

「事故のときに、真鍋はレスキュー隊員。奥村は妻を失い、宇津井夫妻は母親を、来島は息子を失っています」

さらに伊丹が続けた。

「トンネルの中には彼ら自身もいました。皆、目の前で家族を失っているんです」

亘が誠司に向き合った。

「普通、犯行を計画している者は偽名を使います。なのに、彼らは実名を書き残している」

「この意味、わかります？」

伊丹の問いかけには、亘が代わって答えた。

「それだけの覚悟で臨んでるんです。逆恨みなどではなく、自分たちに正当性があると信じているんです」

「つまり？」

　誠司はまだわかっていないようだった。亘が佐分利に疑念をぶつけた。

「蓮見社長は煙草を吸われますよね。蓮見社長の気管支喘息は詐病《さびょう》だったんじゃないですか?」

「えっ?」

　驚いた表情の誠司と困ったような顔の佐分利に、亘が迫った。

「もし喘息と偽って優先的に助けられ、そのために失われた命があったんだとしたら……」

　しばらく沈黙を守っていた佐分利が必死に反論した。

「なにを言うんです? 運ばれた病院の診断書を調べてみてください。たしかに気管支喘息と書かれているはずです」

　奥村は全員を後ろ手に縛った。溝口が仲間と思っていた奥村を責める。

「おい、なんのつもりだよ? 解けよ!」

「もう十分、任侠《にんきょう》ごっこは楽しんだじゃないですか」

「どういうつもりだよ? 釈放に力貸してくれるんじゃなかったのかよ」

「まさか。あなたを利用しただけです」

　溝口は騙《だま》されていたことを悟った。

「爆弾、仕掛けたのもお前じゃなくて、あいつらだったのか？」

「この人たちも利用しただけですけどね」

「クソッ、この野郎！」

このとき奥村のスマホが振動した。メールが届いたのだった。メールの本文は短かった。

——完了。

メールを確認してほくそ笑む奥村に、右京が質問を投げかけた。

「いったいなにが目的なんですか？」

「知ってどうするんです？　さあ、いよいよクライマックスです」

奥村はそう言うと、トラックの荷台に上り、薬品の入ったドラム缶を蹴落《けお》とした。そして、溝口から奪った装弾数六発の拳銃を取り出すとそのドラム缶を撃った。開いた穴から液体が勢いよく噴き出した。

「そんなの撒《ま》いても仕方ねえ」

恭一郎を脅すために偽物を運んできた来島が指摘すると、奥村はいたぶるような目を全員に向けた。

「本当に偽物だと思ってますか？」

そして、爆破によって破裂したパイプから漏れていた水を手ですくい、ドラム缶から流れた液体の上に垂らした。シュッと塩化水素の蒸気が発生した。液体はまぎれもなくステアリン酸アキロイドだった。

「すり替えたのか」真鍋が叫ぶ。

奥村は冷笑を浮かべて、防毒マスクを三つ取り出した。

「あとふたつ。欲しい人。誰もいらないんですか。遠慮深いですね。本物ですよ、この薬品。死にますよ」


特殊班とレスキュー隊は瓦礫の中に穴を開け、ファイバースコープを通す作業を懸命におこなっていた。そして、ようやく貫通した。

「映ったぞ！」

捜査本部でモニターを見ていた捜査員が叫ぶと、全員がモニターの前に集まった。

「中の映像、映ったか！」

中園がモニターを覗き込む。地下駐車場のようすが映っていた。車のヘッドライトがつけられているため、中のようすがしっかりととらえられていた。伊丹がまず中の人間の安否を確認した。

「みんな無事だ」

亘がモニターに顔を近づけた。

「なんか変じゃありません？」

「溝口が縛られてる……」

角田の指摘に、中園が混乱した。

「いったいどういうことだ？」


奥村が防毒マスクを差し出す。

「欲しい人、いないんですか？」

「……私に」

前ににじり出た恭一郎を、真鍋たちが白い目で見た。恭一郎が睨み返す。

「なんだ？　どうせいらないんだろ？　だったら……」

「あんた、警備会社の社長だろ？」

「女性が先でしょうが」

「カミさんは妊娠してんだ」

来島、真鍋、宇津井が恭一郎を責めた。奥村は当てこするように言った。

「社長は喘息持ちですからね」

「そうだ」恭一郎は恥ずかしげもなくうなずいた。「診断書も持ってる」

「よくもそんな嘘を……！」

「どうせ金を積んで書かせたんだろ！」

「恥を知れ！」

「卑怯者《ひきょうもの》！」

亜紀、来島、真鍋、宇津井が口々に罵《ののし》った。恭一郎は尊大な態度で開き直った。

「私が死んだら、日本にとって大きな損失になる。お前たちの命とは重みが違うんだよ」

「ついに出ましたね……本音が」

真鍋の脳裏には、トンネル事故のときに救出した恭一郎が浮かべた安堵の笑みが蘇《よみがえ》っていた。トンネルの中ではあんなに咳《せ》き込んでいたのに、外に出るとなぜかいっさい咳は出ていなかった……。

恭一郎は厚かましく持論をまくし立てた。

「優遇されてなにが悪い。私は国家の安全と国民の幸せを守るために、今日までこの身を捧げて生きてきたんだ。特権ぐらいあって当然だろ」

亜紀が恨みのこもった視線を恭一郎にぶつけた。

「許せない！　あんたのせいで、わたしたちはお義母《かあ》さんだけじゃない……お腹の子まで失った！」

「そうだ」宇津井が同調した。「あのとき、あんたの前に亜紀が助けられてたら、子供は生きてた！」

「なにが、国民の幸せを守る、だ！　ほざきやがって！」

来島が吐き捨てるように言い放つと、奥村が高笑いした。

「どんどんやってください。僕ね、あなたたちのことも考えて、この計画立てたんですよ。今から有毒ガス吸って死ぬまでの間、思う存分やってください！」

地下駐車場の中のできごとは、すべてモニターで捜査本部の人間に見られていた。ファイバースコープと一緒に通したマイクによって、音声も拾えていた。

亘が奥村のひと言に反応した。

「有毒ガスって……」

「参事官！」

角田に詰め寄られ、中園が地団太を踏んだ。

「クソ……」

亘はたまらず捜査本部となっているテントを飛び出し、瓦礫の撤去現場に向かった。そして、素手で遮二無二《しゃにむに》瓦礫を取り除きはじめた。それを見ていた特殊班の捜査員とレスキュー隊員たちが、猛然と瓦礫に立ち向かった。

「誰にしましょうか？　それじゃあ、レディーファーストで……」

奥村は弄《もてあそ》ぶような口調で言うと、防毒マスクを紗耶香に被《かぶ》せた。

「なんで秘書なんかに……」

奥村は声をあげた恭一郎の前にしゃがみ、正面から目を見てなじった。

「あなた、本当に人でなしですね。この親にしてあの子ありってことですか」

右京が無言のまま、恭一郎のほうへ視線を移す。すると、奥村は恭一郎の前に防毒マスクを落とした。恭一郎が防毒マスクを引き寄せようと、足を伸ばす。奥村はその防毒マスクを遠くへ蹴り飛ばした。

「おい……いくら欲しいんだ？　金なら好きなだけやる。俺によこせ！」

浅ましく言い張る恭一郎を無視して、奥村は防毒マスクを被った。そして、天井のスプリンクラーのスイッチを手動に切り替えた。

そのとき右京が声をかけた。

「その防毒マスク、点検しましたか？　傷が入ってるようですが……」

奥村が防毒マスクを外した瞬間、右京は立ち上がり、体から奥村にぶつかっていった。虚をつかれた奥村は慌てて拳銃を撃ったが、狙いは大きく外れた。右京は奥村を倒すと、トラックの陰に隠れた。奥村がうろたえて、二発目、三発目、四発目、五発目と続けざまに弾を放ったが、ひとつも命中しなかった。

右京がトラックの陰から姿を現した。奥村は右京に狙いを定め、引き金を引いたが、空撃ちのカチッという音がむなしく響くだけだった。

「弾の数ぐらい、数えておくべきでしたねえ」

右京のことばに逆上した奥村は拳銃を投げ捨てると、ナイフを構えて襲いかかった。しかし、右京は難なく奥村をかわして、足を払った。奥村は壁に頭をぶつけ、そのまま床にくずおれた。


テントの中でモニターを眺めていた中園が快哉《かいさい》を叫ぶ。

「よーし！　救出活動開始だ！」

その後、急ピッチで作業が進められ、ついに瓦礫に人が通れるだけの穴が開いたときには、外はすっかり朝になっていた。

穴から出てきた恭一郎に佐分利が駆け寄った。

「社長！　大丈夫ですか？」

誠司は父親を無視して、紗耶香の手を取った。

「よかった、無事で」

「ごめんなさい。心配かけて……」

誠司が恭一郎に向き合う。

「あとでお話が」

「ああ……」恭一郎が疲れ切った声で応じた。

続いて出てきた亜紀を芹沢が迎えた。

「大丈夫ですか？」

亜紀はお腹の中から産着《うぶぎ》にくるんだクッションを取り出した。伊丹が目を瞠《みは》るなか、亜紀は亡きわが子の代理を務めたクッションを強く抱きしめた。

「守ってくれてありがとう……」

「さあ、行きますよ」亜紀の思いを知った芹沢は励ますように言うと、続いて出てきた仲間たちに声をかけた。「さあ、皆さん、来てください！」

溝口は組織犯罪対策部の捜査員に両脇を抱えられ、意識を失っている奥村は救急隊員が担架《たんか》で運んだ。

そこへ内村が出てきた。

「ご無事で！」

笑顔で迎える中園を、内村が叱り飛ばす。

「遅いわ、馬鹿者！」

最後に出てきたのは右京だった。

「右京さん……」亘が声をかける。

「冠城くん」

「怪我は？」

「たいしたことありませんよ」

「まあ、右京さんのことだから無事だと思ってましたが……」

朝の光に右京が目をしばたたいていると、青木がやってきて憎まれ口を叩いた。

「なんだ……もっと弱ってるかと思ったのに」

青木の横には角田の姿もあった。

「元気そうじゃない」

「おふたりともご挨拶ですねえ」

苦笑する右京に、青木がタブレット端末を差し出した。

「お土産がありますよ」

ディスプレイに、「蓮見恭一郎　本性」というタイトルがついた動画が再生された。

SNS上にアップされた投稿だった。

——私が死んだら、日本にとって大きな損失になる。お前たちの命とは重みが違うんだよ。

動画には駐車場での先ほどの恭一郎の醜態がしっかり映っていた。投稿のコメント欄は恭一郎への非難で炎上していた。

「なんだ、これ」

亘の疑問に、角田が答える。

「誰かがスマホで隠し撮りしてたんだな」

青木が説明した。

「調べたら、真鍋のアカウントでした」

「なるほど」右京が真鍋たちの意図を読む。「五年前、事故が起きたときのトンネルの状況を再現し、蓮見社長を精神的に追い詰めることで当時の罪を告白させる。これが彼らの復讐でしたか」

内村は捜査員一同を引き連れて警視庁に戻ろうとした。

「戻るぞ。事件の後始末だ」

そのとき、中園のスマホが鳴った。

「どうした？　なに⁉　奥村が？」

中園はしばらく電話口でやりとりし、青い顔で電話を切った。すぐに内村が詰め寄る。

「どうした？」

「病院へ搬送中、停車したところを見計らって、奥村が警察官を昏倒《こんとう》させて逃走したそうです」

「なにをやってるんだ！」

「申し訳ありません。催涙スプレーを隠し持っていたようで……」

「緊急配備だ！　急げ！」

内村が捜査員たちに号令をかけた。

最後尾で話を聞いていた右京が言った。

「腑に落ちません。確保したときに、身体検査はしました」

「どういうことです？」

亘が戸惑い顔になった。

六

警視庁内に「奥多摩ゴルフ倶楽部内　人質監禁及び爆破事件特別捜査本部」が設置されることになった。慌ただしく準備が整えられている会議室に、中園が大声で問い質しながら入ってきた。

「奥村について、なにかわかったか？」

伊丹が駆け寄ってきて、資料を手渡した。

「参事官、奥村なんですが……」

「……なんだと⁉」

資料に目を落とした中園の声が裏返った。

その頃、警察庁長官官房付という身分の甲斐峯秋《かいみねあき》は、自室で警視庁副総監に電話をかけていた。

「これは大変なことになったねえ、衣笠くん」

――もちろん、警察の威信に関わる問題ですからな。誰かが責任を取らなきゃならんでしょう。人質にとられた間抜けな刑事部長か。おめおめと犯人を逃がした参事官か。あるいはその両方か……。

衣笠の前でかしこまっていた内村と中園は、ぎょっとした。

峯秋が苦言を呈する。

「誰かの首を切って済む問題じゃないよ。これは警察に対する挑戦だ。早急の解決がなにより優先される」

――言われなくともわかってますよ。

「杉下くんと冠城くんもその場に居合わせたそうだね。彼らは彼らなりに事件を解決しようとするだろう。組織というものに囚われずにね」

――でしょうな。

「気をつけたほうがいい。あの蓮見恭一郎という男、叩けば、まだ埃《ほこり》が出そうだ」

——ご忠告、ありがとうございます。

そう答えた衣笠の口調は苦々しかった。

取調室で伊丹と芹沢が、今回恭一郎への復讐を考えた四人の事情聴取を順におこなった。

「これが本物の奥村さん」

芹沢が奥村悟の写真を見せると、真鍋は目を瞠った。自分の知っている奥村とはまったくの別人だったからだ。

「あんたらに近づくために、あの男はトンネル事故被害者を装ったらしい。奥村悟は偽名だ」

説明する伊丹に、真鍋が訊いた。

「じゃあ、彼、誰なんですか?」

それを知りたいのは、伊丹や芹沢のほうだった。

偽の奥村とどこで知り合ったのかについては、来島がこう語った。

「〈災害事故に遭った被害者の会〉で知り合いました。そこで、宇津井さん夫婦や真鍋さんと知り合って連絡を取り合うようになりました」

宇津井はもう少し具体的な情報を持っていた。

「あいつが加わったのは最近です。挨拶のとき、こう言いました。『僕はこれまで妻が死んだのが天災なのか人災なのか、自分の中ではっきりしませんでした。皆さんもそうなんじゃないですか？　だから、誰も蓮見恭一郎のことを悪く言わない』と」

亜紀は偽奥村のことばに引っかかったと話した。

「その通りでした。みんな、蓮見の喘息が詐病だったんじゃないかって疑ってて。でも、証拠なんてあるわけない。そしたら、彼が蓮見恭一郎の健康診断書を持ってきたんです」

その診断書では、恭一郎の病歴は「無し」になっていたという。恭一郎の詐病が明らかになり、復讐しようと話がまとまったとき、地下駐車場でトンネル落盤事故を再現させるというアイディアを偽奥村が出した。四人はそう口をそろえた。

一連の取り調べのようすを、右京と亘が隣の部屋からマジックミラー越しに眺めていた。

別の取調室では、角田が溝口を取り調べていた。

「あいつには、まんまと乗せられたよ」

溝口によると、偽奥村は安酒場で酒をあおっていた溝口にことば巧みに近づき、こう持ちかけてきたという。

――警視庁主催の年末ゴルフコンペに、あの蓮見恭一郎が参加するそうですよ。〈関東儀陽会〉はあいつのせいで年を越せないっていうのに、あいつは楽しそうに遊んでる。頭きませんか？

「冷静になれば、担がれてるってわかったろ。余命半年ってことで、自暴自棄にでもなったか？」

角田が溝口の気持ちを酌んだ。溝口は悔しげに供述した。

「俺はただ……どうせ死ぬんなら、その前に恨み言のひとつもぶちまけて、行き場をなくしちまった家族の連中に、新しい人生を送ってほしかっただけだ。それをあの野郎、任侠ごっこだと……」

この取り調べも、右京と亘はじっと見ていた。


右京と亘は特命係の小部屋に戻り、ホワイトボードの人物相関図を見ながら、事件を検討していた。

「奥村が駐車場に残した車は、盗難車だったそうです。車内にはレスキュー隊の制服が用意されてたとかで」

亘が仕入れてきた情報を披露すると、右京がすぐに反応した。

「おそらく、当初の計画では、救出の際に隊員に紛れて消えるつもりだったのでしょう」

「いったい、奥村の目的はなんだったんでしょうね？」

「そもそも奥村は、溝口や真鍋たちが蓮見社長を恨んでいることをどのようにして知ったのか……」

「取り調べでも接点が見つからないようです」

「ですが、必ずあるはずです」

右京が力強く断言したとき、うんざりした顔の角田が、マイマグカップを持ってコーヒーの無心にやってきた。

「はあ。このままじゃ正月返上だよ」

「ですね……」亘が軽く相槌《あいづち》を打つ。

「しかし、溝口も馬鹿だね。余命半年だっていうのに、最後の時間を裁判に費やすことになる。まあ、ムショ暮らしが長いから、慣れてるんだろうけどな」

「なるほど。裁判ですか」右京は角田のひと言でなにか閃《ひらめ》いたようだった。

「課長、溝口の弁護士をご存じですか？」

「えっ？　ああ、たしか木村修一《きむらしゅういち》先生っていう人権派の弁護士さんだな。普通は断るヤクザの弁護も情けで引き受ける、そういう人」

それを聞いた右京はさっそくパソコンに向き合って、なにかを調べはじめた。

「急にどうした？」

訝《いぶか》しげに見つめる角田を無視して、右京がキーボードを打つ。

「やはり……」

亘がパソコンを覗き込む。

「なんです？　木村弁護士のホームページですか」

右京は木村の経歴を指差した。

「ここ。〈災害事故に遭った被害者の会〉。主宰はこの木村弁護士です」

「繋がった……」

亘のことばを受けて、右京が立ち上がった。

「行きましょう」


ふたりが向かったのは、木村修一の弁護士事務所だった。書類や資料があちらこちらに積んである雑然とした事務所で、暖房器具は石油ストーブだった。

「木村先生は彼をご存じではありませんか？」

右京が偽奥村の写真を差し出すと、木村はあっさりと認めた。

「ええ、知ってますよ。うちで働いてましたから」

「やっぱり……」亘がうなずく。

「名前はなんと？」

右京の質問に、木村は二個のマグカップにインスタントコーヒーの粉をスプーンで入れながら答えた。

「入江《いりえ》くんだね。入江良文《よしふみ》。彼がなにか？」

「ちょっと事件に関わってましして」

亘がぼかした。

木村は身を乗り出して探るように訊いた。

「加害者として？」

「おや」右京が興味を示す。「なぜそう思われるのでしょう？」

木村はストーブの上からやかんを取り、マグカップに熱湯を注いだ。

「いやあ、彼はね、頭がよくて仕事もできたんですが、なんていうか、人としてちょっと……。弁護士を目指したのも金のためだと言ってました。私がね、金にならない仕事をしてるのも、馬鹿馬鹿しいと思ってたらしいですよ。で、まあ結局、司法試験に落ちて、挫折して辞めてしまいましたけどね」

「金のためですか」

亘がしみじみとつぶやいた。

偽奥村の正体は、すぐに捜査本部に伝えられた。プロジェクターで投影された写真を眺めながら、芹沢が言った。

「入江良文……これが偽奥村の正体か」

伊丹も写真を睨みつける。

「手間かけさせやがって……」

右京がパソコンに向き合っている青木に訊いた。

「ところで青木くん、駐車場から出るときにこの入江から押収した携帯の解析は進んでいますか?」

「さっき、ロックの解除が済んで、メールの送信内容を確認したところです」

青木がマウスをクリックし、メールの文面を見せた。アルファベットと数字の文字列が表示された。

——CH93007620116238529５7
「なにこれ」亘が頭をひねる。「暗号ですかね?」

「さっぱり。それに対しての返信がこれ」

青木が再びクリックすると、今度は日本語の短い文字が表示された。

——完了。

青木が説明する。

「やりとりの相手は飛ばし携帯を使ってたみたいで、まだ誰かわかってません」

ずっと文字列を凝視していた右京が博覧強記ぶりを発揮した。

「これはスイスの銀行口座のコードです」

「はあ？」伊丹は意味がわからなかった。

「スイスの銀行口座に国際送金を行う際に必要なＩＢＡＮ《アイバン》コードですよ。スイスのＩＢＡＮは二十一文字で『ＣＨ』から始まります。そのあとに二桁のチェック番号、五桁の銀行コード、そして十二桁の銀行口座番号。間違いありません」

「じゃあ、『完了』ってことは……」

芹沢の疑問に、右京が答える。

「送金を終えた、ということでしょうね」

亘は入江の犯行動機に思い至った。

「つまり、入江は溝口が釈放を要求した裏で、誰かから金を取り立てた」

「おそらく」右京が認める。「もし大金を手にしているんだとしたら……」

「海外逃亡の恐れがありますね」

「おい、参事官に報告だ！」

右京のひと言で、伊丹は芹沢と一緒に部屋を飛び出した。右京は青木に向かって、左手の人差し指を立てた。

「青木くん、君にもうひとつ頼みたいことがあります」

七

その夜、右京と亘は〈蓮見警備保障〉を訪問した。ふたりが秘書室に行くと、紗耶香は電話でクレーム対応をしていた。

電話を終えてため息をついた紗耶香がふと目を上げて、右京と亘の姿を認めた。

「あっ、杉下さん」

「お身体は大丈夫ですか？　あまりご無理をなさいませんように」

「わたしは全然……。それにこんな状況で休むわけには……」

右京はデスクの上に置いてある切り花に注目した。

「ガーベラですねえ。クラブハウスのパーティールームにも飾ってありました」

「ええ。好きなんです」

「ガーベラの花ことばは『崇高な愛』でしたね？」

紗耶香は微笑んで、「『思いやり』じゃありませんか？」と右京に返した。

「ああ、たしかに。それもありました」

紗耶香が改めてふたりの用向きを尋ねる。

「あっ、社長にご用ですよね？」

亘の答えは、紗耶香の読みとは違っていた。

「いえ、佐分利常務に」


佐分利はそのとき社長室にいた。紗耶香に案内されてふたりが社長室に入ると、恭一郎と佐分利の他に、誠司の姿もあった。

右京と亘を見て、恭一郎が座り心地のよさそうな大きな椅子から腰を浮かせた。

「まだなにか？　捜査には十分協力したと思うが」

佐分利がふたりの前に立った。

「もうすべてお話ししました。お帰りください」

亘が恭一郎の以前の発言を引き合いに出す。

「コンペのパーティーじゃ、今度ゆっくり話そうと言ってくれたじゃないですか」

「社交辞令も通用しないようだね」

恭一郎の嫌みを無視して、亘は佐分利に質問した。

「昨日、捜査本部にやって来た理由はなんです？」

「もちろん社長が心配で……」

「捜査状況を探りに来たんじゃないですか？」

「はあ？」

とぼける佐分利に、亘が「完了」という文面のメールを見せた。

「このメールを送ったの、あなたですよね？」

「いいえ。知りません」

「飛ばし携帯を使ってたようですが、使用されてた電波の基地局を調べたら、〈奥多摩カントリー倶楽部〉のエリアでした」

「いったいなんの話ですか？」

佐分利が声を荒らげたとき、右京のスマホが振動した。右京が大至急でと青木に依頼した、〈蓮見警備保障〉からスイスの銀行への送金記録が送られてきたのだった。右京はそれを確認して、再び椅子に座った恭一郎と向き合った。

「では、はっきりご説明しましょう。昨夜、十億の金が〈蓮見警備保障〉からスイスの銀行に送金されていますね」

「どういうことです？」

ひとりだけ取り残されている誠司に、亘が説明した。

「犯人の入江の目的は、この十億だったんです」

右京が嚙み砕いて補足する。

「真鍋、宇津井、来島の三名は、実名を書き残していました。溝口の犯行声明がなければ、警察はもっと早い段階で彼らの存在に気づき、乃江木トンネル崩落事故との関連から、蓮見社長を人質にとって、会社になんらかの要求をしているのではないかと疑ったはずです。しかし、そうなってしまっては、入江にとって都合が悪い。そこで、入江は溝口というかき回し役を入れることで捜査の目を逸《そ》らせたわけです」

「なぜ黙ってた⁉」誠司が佐分利に詰め寄る。

「ええ、そこです」右京が疑問を呈する。「なぜ十億もの大金を入江に支払ったのでしょう？」

「社長の命がかかってるからに決まってるでしょう！」

語気を強める佐分利に、右京が反論する。

「では、なぜひと言の相談もなかったのでしょう？　あれだけの捜査員が、昨日、あなたの周りにはいたというのに」

「後ろめたい取引でもあったんじゃないですか？」

亘がズバリと訊くと、佐分利は顔を伏せた。

「警察に言えば命はないと脅されて……」

「しかし、十億もの大金、そう簡単に払う人なんていませんよ」

「いったいなにを隠しているんですか？」

亘と右京が攻めても、佐分利は口を割らなかった。恭一郎が苛立ちを露わにした。

「取引の内容など、関係ないだろう。問題は入江という男が十億を奪って逃げている、ということじゃないのか？　さっさと行方を捜したらどうなんだ？」

「そのためにも、取引の内容を知る必要があります」

　右京は折れなかったが、恭一郎は鼻で笑った。

「杉下くん、君は推理が得意なようだが、今どき、防犯カメラを調べたほうがもっと早く犯人にたどりつく！　君とこうして話してる時間が無駄なんだよ。お引き取りを」


〈蓮見警備保障〉から追い出されたところで、亘が右京に訊いた。

「なにか隠してるんですかね？」

「ええ、気になりますねえ。そして、その隠しごとを入江はどうやって知ったのか？」

「たしかに……」

「そこでもうひとつ気になることが」右京が左手の人差し指を立てた。「入江は駐車場で蓮見社長にこう言いました。『本当に人でなしですね。この親にしてあの子ありってことですか』と。息子さんの弱みを握っているような口ぶりでした。十億の取引が成立するようなネタを……」


　特命係のふたりが去った社長室では、誠司が佐分利を問い詰めていた。

「なんで犯人に十億も払った⁉」

「すべて会社とあなたのためです」

佐分利の返答は、誠司の意表をついた。

「えっ?」

恭一郎がふたりの間に割り込んだ。

「佐分利、ちょっと席を外してくれ」

「はい」

佐分利の退室を確認してから恭一郎が誠司に語りかけた。

「お前はなにも知らなくていい。全部私に任せておけ」

この発言で、誠司も事実を知った。

「まさか取引って、あのときの……」

「心配するな。主要な施設にはほとんど、うちの警備システムが入ってる。入江がどこにいようが必ず見つけ出す。警察より先にな」

「見つけてどうするつもりですか?」

「逃がすんだ」

「なに言ってるんですか……」

「ここさえ乗り切れば、また日常が戻ってくる。あのときだってそうだったじゃないか! お前は捜査本部に戻ってろ」

誠司は恭一郎の命令が不服だった。

「ずっと、あなたの背中を追いかけてきました。同じように、国家や社会に尽くす仕事がしたくて。蓮見の名に恥じないように生きなきゃいけないと思ってきた。どうやらそれは間違いでした」

恭一郎が激しい口調で言い返す。

「じゃあ、どうする⁉ すべてさらけ出すか？ できるのか、お前に？ 入江が捕まれば、すべておしまいだ！ 全部、お前のためだ！ 私はお前の尻拭いをしてやっただけだ！ 過去は変えることができるんだ。力さえあれば。お前は蓮見家の人間だ」

誠司はなにも言い返せなかった。


肩を落として社長室から出てきた誠司を、紗耶香が心配そうに迎えた。

「誠司さん、社長となにかあったんですか？」

「いや……」

「大丈夫です。会社のことは、わたしたちに任せてください」

誠司は少しだけ頬を緩ませ、デスクの上のガーベラの花に目をやった。

「きれいな花だね」

「えっ？」

「その花、いつも飾ってある。この前を通るといつも気持ちが落ち着くよ」

「よかった」

紗耶香は微笑んだが、どこか寂しそうだった。

八

翌朝、右京と亘は宮ケ丘《みやがおか》署を訪ね、過去の捜査資料が収納された資料室に入った。段ボールに記された資料名を見ながら、亘が右京に訊いた。

「なんて事件名でしたっけ？」

「港区宮ケ丘宝石店窃盗事件」

「関係ありますかね？」

「読んでみなければわかりませんがね」

「あっ！　ありました」

亘が見つけた捜査資料は、その場で検《あらた》められた。右京がすばやく目を通す。

「射殺された窃盗犯は安藤浩介《あんどうこうすけ》。器物損壊の前科があります。路上アーティストだったようですねえ」

「路上アーティスト？　あっ、堤防や高架下にスプレー缶で絵を描いたりする、あの」

「ええ」右京が事件の経緯を追った。「事件が発生したのは三年前の十月二十日の夜。

交番勤務研修中の蓮見係長は、先輩の田村《たむら》巡査部長と管内を巡回していた。その途中、宝石店で窃盗を犯した安藤と遭遇。ふたりは追跡。安藤はナイフで田村巡査部長に切りつけた。蓮見係長は安藤を牽制《けんせい》するために一度威嚇射撃するも、なおも安藤はひるまなかった。そこで発砲して、安藤を射殺」

「やっぱり蓮見係長は、先輩警察官の命の恩人じゃないですか」

感想を述べる亘に、右京が異を唱えた。

「いかに正当防衛であろうと、犯人を射殺すれば、それは警察官として汚点になります。ですが、彼の場合は手柄話として語られてきた」

「印象操作だと」

「ええ、おそらく。それともうひとつ、気になることがあります」

右京は資料に添付された現場の写真に目をやった。ナイフを持ったまま死んでいる安藤の写真だった。

右京と亘はタクシー乗り場で客待ちをしているタクシーに近づき、後部座席に乗り込んだ。亘が行き先を告げる。

「宮ケ丘町二丁目まで」

「はい。えっ?」

驚いて訊き返す運転手に、亘が繰り返す。

「宮ケ丘町二丁目です」

なかなかタクシーを発進させない運転手に右京が訊いた。

「なにか？」

「あっ、いえ……」

ようやくタクシーが走りはじめたところで、亘が運転席のネームプレートを読み上げた。

「運転手さん、田村功《いさお》さんというんですね」

「ええ」

「以前は警察官だった。なのに、今はタクシーの運転手」

「なぜそんなことを？」

亘のことばに困惑する田村に、右京が宮ケ丘署の資料室で見つけた疑問を明かした。

「港区宮ケ丘宝石店窃盗事件の犯人の安藤のことですが、右腕に腕時計をしていました。ということは、おそらく左利き。ですが、ナイフは右手で持っていました」

亘が疑念をぶつける。

「ひょっとしたら、あとで握らせたんじゃないかって」

「お客さん……」

田村の顔色が変わったのを、右京は見逃さなかった。

「もともとナイフを持っていなかった安藤を蓮見係長が撃ったと仮定すると、事件はまったく様相が変わってきますねえ」

それ以降、田村は黙ったままだった。やがてタクシーは目的地に到着した。

「少しお付き合いください」

亘が要請したとたん、田村は運転席から飛び出し、一目散に逃げ出した。しかし、ふたりを振り切ることはできず、すぐに捕まってしまった。

「なぜ今さら、三年前の事件なんか？」

ふたりに挟まれて歩きながら、田村が質問した。亘が答える。

「一昨日、〈奥多摩カントリー倶楽部〉で爆破事件がありました。それにその事件が関わってたんです」

「えっ？」

右京が切り込んだ。

「犯人は、おそらくその三年前の事件のことで、〈蓮見警備保障〉から金をゆすり取っています。田村さん、あなたが警察官をお辞めになったのは、三年前、事件の真相の隠《いん》蔽《ぺい》に加担したことへの罪の意識、それが理由だったんじゃありませんか？」

そのうち三人はうらさびしい場所に出た。そこには大きな壁があり、コンクリートのキャンバスに色とりどりのガーベラの花が描かれていた。その絵から目を逸らす田村に、右京が再び迫った。

「あなたが口を閉ざしてしまったせいで、今、新たな事件が起きています。罪の意識があるのならば、すべて話していただけませんか？　田村さん！」


その頃、捜査本部にいた誠司のスマホが振動した。知らないアドレスからメールが着信したのだった。メールのタイトルは「入江の居場所」とあり、地図が添付されていた。開いてみると、郊外の遊園地に×印がついていた。

誠司は黙って捜査本部の会議室から外へ出た。そこへ今度は紗耶香から電話がかかってきた。誠司は電話には出ずに、足早に警視庁から立ち去った。〈蓮見警備保障〉のオフィスにいた紗耶香は、心配そうに繋がらない電話を見つめた。


夕刻、〈蓮見警備保障〉の社長室では、恭一郎がため息をついていた。

「まだ見つからんのか？」

「ええ」佐分利が苦い顔でうなずく。「誠司さんからなにか連絡は？」

「……ない」

「もしかしてうちのシステム外のところにいるのかも。だとしたら、もう警察の手に渡っているかもしれません」

「そうなったら、全員で心中だ」

恭一郎が自嘲するように薄く笑ったとき、いきなりドアが開いて、右京と亘が踏み込んできた。

「なんです、勝手に」

佐分利が尖《とが》った声を出す。

「また君たちか」

右京が恭一郎のことば尻をとった。

「ええ、また君たちです」

「失礼します」亘はおもむろに恭一郎のデスクの下を覗き込み、盗聴器を見つけた。

「右京さん、ありました」

「やはり、そうでしたか」右京が恭一郎と佐分利に説明する。「ここでの会話はすべて何者かに盗聴されています。〈蓮見警備保障〉のシステムが入っている施設の中で、意図的に防犯カメラやセキュリティが切られているところがあるはずです」

「えっ？」

目を丸くする佐分利に、右京が命じた。

「時間がありません。至急調べてください」

　その夜、誠司は閉園後の遊園地を訪れ、回転式拳銃の弾が装塡《そうてん》されているのを確かめてから、地図の×印の場所へ慎重に近づいた。

　すると情報の通り、入江が待ちくたびれたようすでメリーゴーラウンドの陰の暗がりにいた。

「遅いですよ」と声をあげた入江は、待ち人ではなく、誠司が立っていたので、ぎょっとした。誠司がジャケットの内側に手をやるのを見て、入江が叫ぶ。「撃ち殺すんですか？」

　誠司は取り出しかけた拳銃をホルスターに戻した。

　そのとき、入江が被っていたキャップを誠司の顔面に投げつけて走り出した。誠司は入江を追いかけ、素手で捕まえた。入江は抵抗したが、体力的に誠司のほうがまさっていた。入江はあえなく誠司に取り押さえられ、手錠をかけられた。

「入江良文、確保」

　入江がにやりと笑った。

「いいんですか？　あなた、道連れですよ。全部しゃべりますからね。ひとりで来たんですよね？　逃がしてくださいよ」

「捜査本部に連絡する」

と、突然、電飾が灯り、陽気でありながらもの悲しくも聞こえるメロディーとともにメリーゴーラウンドが回りはじめた。そこへ足音が聞こえてきた。

「遅いですよ」

誠司が入江の視線を追う。近づいてきたのは紗耶香だった。

「なんで君が……？」

呆気《あっけ》にとられる誠司に、紗耶香が言った。

「この男の居場所をメールで送ったのはわたし」

「えっ？」

「全部見てた。あなたがどうするか。入江を捕まえるのか、それとも、また三年前のように殺すのか……彼のように」

「彼？」

誠司は状況が把握できなかった。

「安藤浩介はわたしの大事な人だった」

紗耶香はそう明かし、安藤とのなれそめを語った。

最初の出会いは、六年前の雨の夜だった。

安藤はそのとき傘もささずに、壁に描かれた大きなガーベラの花を見上げていた。彼自身が描いた絵だった。たまたまその場所を通りかかった紗耶香に、安藤はいきなり絵の感想を求めてきた。紗耶香が「ちょっと寂しいです」と答えると、安藤は「じゃあ今度、晴れた日にまた見に来て。空の下で見る絵ってさ、部屋に飾られてる絵とは違った表情があるんだよ」と笑ったのだった。

それがきっかけで親しくなり、紗耶香にとっていつの間にか安藤が自分のすべてになった。

紗耶香が社長室で盗聴した恭一郎と誠司の会話をスマホで再生した。

――過去は変えることができるんだ。力さえあれば。お前は蓮見家の人間だ。汚点など残してもらっては困る！

――わざとじゃない。

――ああ！　だが殺した！　それを正当防衛にしてやったのは、誰だ⁉

紗耶香が再生を止め、ポケットからオートマチックの拳銃を取り出した。

「やっぱりそうだった……。彼はあなたに殺された」

「そんなもの、どこで……」

「銃を捨てなさい」

紗耶香はためらわずに空に向かって一発撃った。誠司は自分の拳銃を地面に置き、遠くへ滑らせた。

紗耶香が緊張した声を張りあげた。

「あんたにはこれから彼と同じ痛みを味わわせてあげる。どうして殺したの？　どうやって殺したの？」

「君は、それが知りたくて……」

「そう。だから我慢して、ずっとあんたなんかのそばにいた。答えなさい！」

「三年前、交番勤務研修での巡回中、窃盗犯に遭遇した……」

誠司がそのときのできごとを告白した。窃盗犯の男はナイフを振り回し、田村を負傷させ、そのまま路地に逃げ込んだ。誠司はひとりで男を追い、路地に迷い込んでしまった。はじめての大捕物に心臓は早鐘を打っていた。ちょっとした物音や猫の鳴き声にも過剰に反応し、背筋を冷たい汗が伝った。そのとき、路地の角から安藤がふいに姿を現した。極度に怯えていた誠司は思わず銃の引き金を引いた。人違いだとわかったのは、安藤が地面に倒れたあとだった。青ざめて立ち尽くす誠司のもとへ、窃盗犯の男が落としたナイフを持った田村が駆けつけてきたのだった。

話を聞いた紗耶香は、銃口を向けたまま、誠司を罵った。

「それで正当防衛として、彼を犯人に仕立て上げた。父親の力も使って。本当、最低の親子。あの人には夢があった。絵で生きていくって。わたしはあの人と生きたかった！」

そこへ亘が駆けつけてきた。

「紗耶香さん！」

右京も一緒だった。

「もうやめましょう」

「どうして？」

驚きを隠せない紗耶香に、右京が種明かしをする。

「我々は安藤さんが亡くなった事件現場に行ってきました。事件現場の近くに、安藤さんが描き残した絵がありました。あなたがパーティールームに飾っていた花も、会社のデスクに飾っていた花も、同じガーベラ。安藤さんが好んでモチーフにしていた花ですね」

亘が続けた。

「蓮見係長の事件は三年前。あなたが社長秘書として雇われたのも三年前。あなたは安藤さんの死が本当に正当防衛によるものだったのかどうかを探るために、会社に潜り込んだ」

「どれだけ証拠を探そうにも見つからなかったのでしょう。そこであなたは入江を利用することを思いついた。あなたが入江の計画に乗ったのは、会社から十億という金を引き出させるため。十億もの金を支払ったとわかれば、警察も不審に思い、なんの取引に応じたのか調べるはず。それを隠そうとする蓮見社長たちの会話をあなたは盗聴したんですね。社長室に仕掛けたこれを使って」

右京が盗聴器を掲げた。

「そう」紗耶香は銃口を逸らさずに答え、誠司に冷たい視線を浴びせた。「あなただけは許せない」

誠司は両膝を地面についた。

「すまない……本当に。俺のせいで……」

「紗耶香さん、あなたは安藤さんがなぜ殺されたのか、その真実が知りたかったんですよね？　それならもう十分じゃありませんか。これ以上、罪を重ねてはいけません。いえ、それ以前にあなたは、そこまで悪いことをできる人じゃありませんよ。あなたの目を見ればわかります」

右京は切々と訴えながら、次第に紗耶香との間合いを詰めた。そして、紗耶香の前に立った。紗耶香の手ごと包み込み、そっとオートマチック拳銃を奪い取る。

「もうやめましょう」

そのとき、入江が急に動いた。誠司が遠く滑らせた回転式拳銃に飛びつき、手錠のかかった両手でそれを拾い上げて構えた。

「銃、捨ててください。捨てろ」

右京が銃を地面に放り投げると、入江は拳銃を誠司に向けた。

「タラタラしないでくださいよ。僕が代わりにやりましょうか？」

入江が本当に引き金を引きそうになるのを見て、紗耶香が誠司の前に立つ。

「やめて！」

「入江！」

その瞬間、右京は持っていた小型懐中電灯の光を入江の目に向けた。目つぶしを食らった入江に亘が突進し、あっという間に組み伏せた。

紗耶香は呆然としていた。なぜとっさに誠司を庇《かば》おうとしたのか、自分の心がよくわからなかった。

「今のが、あなたの本心だと思いますよ」

紗耶香の耳に右京の声が届いたあと、遠くからパトカーのサイレンが聞こえてきた。

翌日、恭一郎が無念の表情で〈蓮見警備保障〉の社長室の立派な椅子に座っていると、ノックの音がして佐分利が入ってきた。

「失礼します。社長、警察の方が……」

佐分利に続いて捜査員がわらわらと社長室に入ってきた。恭一郎は目をつぶり、天井を仰いだ。

衣笠は警視庁の副総監室で、テレビのニュースを見ていた。女性アナウンサーがやや興奮した口ぶりで、ニュースを伝えていた。

「犯人蔵匿《ぞうとく》の疑いで逮捕されたのは、〈蓮見警備保障〉社長の蓮見恭一郎容疑者です。警察によりますと、蓮見容疑者は自身の息子である蓮見誠司……」

衣笠はリモコンにいたずらに力を込めて、テレビを消した。


警察庁の甲斐峯秋の執務室には鏡餅が供えられていた。

峯秋が呼びつけた特命係のふたりを労《ねぎら》う。

「よくやってくれた」

「いえ……」右京がことば少なに返す。

「しかし、まさか事件を解決することで、三年前の不祥事を掘り返すとはね。これから緊急対策会議だよ。今年は幸先の悪いスタートになりそうだ」

不満そうな峯秋に、亘が言った。

「お疲れさまです」

「どうだね？」峯秋が訊いた。「今年もまたこうして君たちに悩まされることになりそうかね？」

右京が慇懃《いんぎん》に答える。

「そんなつもりは毛頭ないのですがねえ」

「ほどほどにね。しかし、衣笠くんは君たちを許さないと思うよ」

「おお……怖っ」

亘がおどけると、右京は立ち上がり腰を折った。

「ご忠告ありがとうございます」


右京と亘が雨宮紗耶香を連れて警視庁の廊下を歩いていると、正面から伊丹と芹沢に連れられた真鍋、来島、宇津井、亜紀がやってきた。すれ違いざま、紗耶香は四人に深く頭を下げた。

真鍋たちは一瞬、立ち止まり、紗耶香に小さく目礼を送って、再び歩き出した。


警視庁を出て道を歩きながら、亘が先ほどの光景を振り返った。

「復讐に苦しんだ人にしかわからない気持ちというのが、きっとあるんでしょうね」

「ええ」右京が同意した。「我々は常に事件を追いかけていますが、そこで明らかになることなど、ほんの氷山の一角。人の心というのは、もっと深くて複雑なものです」

「俺が思うに、お互いが生き直すことを誓ったんじゃないですか」

「前向きですねえ。君のそういうところ、嫌いじゃありませんよ」右京がすれ違う振袖姿の若い女性に目を向けた。「ああ、そういえば、もう新年でしたねえ」

「いつもこれですよ」亘が嘆く。「年越しそばとか、カウントダウンとか、らしいことして迎えたかったのに」

「では正月らしく、おみくじでも引いて帰りましょうか」

「あっ、いいですね。俺、大吉引きますよ」

「初日から運を使い果たすつもりですか、君」

「後ろ向きですね。右京さんのそういうところ、嫌いです」

亘がやり返す。

「おやおや……」

「まあ、なにが出てもいい年にしましょう。ねえ、右京さん」

「ええ。いい年になるといいですねえ」

新春の柔らかな日射しが、ふたりの顔を明るく照らした。

第十話 「青木年男の受難」

一

その日、特命係の小部屋で杉下右京は紅茶を淹《い》れていた。相棒の冠城亘はネルドリップで淹れたコーヒーを飲みながら、スマホで動画投稿サイトを笑いながら観ていた。

そこへ組織犯罪対策五課長の角田六郎がいつもの決まり文句とともに部屋に入ってきた。

「おい、暇か？」

右京が紅茶をポットからカップに注ぐ手を止めて「ご覧の通り」と返すと、亘はスマホから顔も上げずに続けた。

「見るまでもありません」

「まあ、お前らが暇ってことは世間が平和だってことだけどね」

角田は特命係のコーヒーサーバーからコーヒーを頂戴しようとして、窓から室内をうかがっている人物がいるのに気づいた。

「うわ！　お客さんだよ」

亘がスマホの画面から目を上げた。「あれ？　君、青木のところの……」

「サイバーセキュリティ対策本部の土師《はじ》です」

男は同じ部署の青木年男とは犬猿《けんえん》の仲の土師太《ふとし》だった。

「なにかご用ですか？　どうぞ」

右京が小部屋に招き入れると、土師は大型の本を差し出した。表紙のカバーには『蟻《あり》地獄《じごく》図鑑』と書かれていた。

「いや、青木に頼まれてこれを」

土師が経緯を説明した。なんでも先ほど青木から電話がかかってきて、一方的にまくしたてられたのだという。

——僕、これから緊急手術をするので、しばらく休むことになりました。それで、僕のデスクの一番右に置いてある本を大至急、特命の杉下さんに返しといてもらえます？あの人、約束守らないと鬼のように怖いから。いい？　今すぐ返しに行ってよ。今すぐだからね！

これまで青木から頼みごとをされたためしなどなかったので土師は戸惑ったが、とりあえず指定された本を持参したのだった。

戸惑っているのは右京も同じだった。

「僕はそのような本を貸した覚えはありませんがねえ」

「えっ？」

亘はこの間に、青木に電話をかけていた。

「青木の携帯、繋《つな》がりませんね」

「だって……病院にいるわけだし」

土師はそう言ったが、亘は反論した。

「いや、よく考えてみたら、これから緊急手術を受けるっていう人間が、そんな電話かける余裕があると思いますか？」

「たしかにな」角田が亘の意見を認めた。

右京と亘はサイバーセキュリティ対策本部に行き、土師を青木のデスクに座らせた。

「えっ、僕が調べるんですか？　あいつのために？」

難色を示す土師に、右京が反問する。

「他に誰がいますか？」

「嫌ですよ。なんで僕が青木の……」

「青木が無断欠勤するなんて、今まであったかな？」

亘が土師の気を惹こうとしたが、失敗した。

「そんなことは、僕には関係ありませんから」

「青木なら、この程度のこと、チャッチャッと調べてくれるけど。ああ、そっか、君には難しいか……」

亘が作戦を変更すると、右京がすぐさま同調した。

「ええ、青木くんであれば、それぐらいのこと、朝飯前でしょうねえ。わかりました。

結構です」

「失礼な。あんな奴に負けるわけないでしょ」

青木と比較された土師がムキになる。そして、青木のパソコンを猛然と調べはじめた。

ややあって、青木のログイン情報が表示された。

右京がそれを覗《のぞ》き込んだ。

「やはり外部からログインされてましたか」

「はい」

うなずく土師に、右京が次の課題を出す。

「青木くんはなんのデータにアクセスしていますか?」

「ちょっと待ってください」

土師がキーボードを操作すると、アクセスしたデータが画面に示された。

「二〇一九年に神田北署で起きた事件の捜査ファイルのようですねえ」

「ん?」土師がログ画面を開いた。「青木、バッカじゃないの?」

「どうしました?」

「この捜査ファイル、神田北署でパスワードを設定されてるんですが、青木の奴、パスワード解析に苦労してるみたいで。こんなの、僕ならすぐにでもやれちゃいますけどね」

土師は嘲笑《あざわら》ったが、右京は不審に思った。

「パスワード解析に時間を……」

亘も右京と同じ考えだった。

「確かめたほうがよさそうですね」

「ええ。どうもありがとう」

右京は土師を労《ねぎら》い、亘とともに部屋を出ていった。


ふたりは青木のマンションを訪れた。予想通り、青木は不在だった。エントランスから外へ出ながら、亘が言った。

「いつも通り、家は出たみたいですね」

「ええ。だが、出勤はしていない」右京がエントランスの横の植え込みに視線を向けた。

「おや」

そこに黒い鞄《かばん》が落ちていた。亘が拾い上げた。

「これ、青木のですね」

右京と亘は青木の鞄を警視庁の刑事部長室に届けた。刑事部長の内村完爾と参事官の中園照生の立ち会いのもとで、鞄の中身を検《あらた》める。捜査一課の伊丹憲一と芹沢慶二もその場に呼ばれていた。

「これが青木のマンションの近くに落ちてた……」と伊丹が言う。

応接テーブルに広げられた鞄の中身を見て、内村がつぶやく。

「警察手帳か……」

続いて、中園が漫画雑誌を手に取り、呆れた顔になる。

「あいつはなにをしに来てるんだ……」

鞄の中身はそれだけだった。右京が見解を述べた。

「家を出たにもかかわらず出勤しておらず、携帯も繋がらないことから、青木くんは何者かに拉致されたと僕は見ています」

ただでさえ仏頂面の内村が、さらに険しい顔になる。

「犯人の目的はなんだ？」

「それはまだわかりませんが、青木くんは外部から捜査資料にアクセスしています。そう考えると、犯人の目的は警察の内部情報を入手することではないかと」

「なんだと⁉」

「おそらく、青木くんが警視庁のサイバーセキュリティ対策本部の人間だと知っているのでしょう」

「青木年男のアクセス権を即刻停止させろ」

内村の命令に、中園が「はい！」と応じて部屋から出ていこうとしたが、右京は異を唱えた。

「それはおやめになったほうがよろしいかと」

「なに？」内村が右京を睨《にら》む。

「アクセス権を停止すると、警察が感づいたことを犯人に気づかれてしまいます。そうなると、青木くんの命は保証できなくなります」

「衣笠副総監にそんな不手際を知られたら、どんなことになるのかな……」

青木の父親は衣笠の旧友であったため、青木も副総監から目をかけられていた。亘がそのことをほのめかすと、内村が右京に命じた。

「……杉下、お前の策を言え」

「犯人の正体も目的もわからない状況のなかでは、まずは相手の動向を探るべきかと」

中園が懸念を口にする。

「しかし部長、あの青木の性格を考えれば、自分の身を守るために、警察内部の機密情報を犯人側にホイホイ渡してしまうかもしれませんよ！」

「あの青木年男ですからね」

伊丹が共感を示すと、芹沢も倣った。

「自分の身を守るためなら、簡単に犯人の言いなりになるでしょうね」

しかし、右京の考えは違っていた。

「そうでしょうか？　あの青木くんですよ？　相手が誰であろうと、素直に言うことを聞くとは思えません」

「同感です。実際、右京さんが異変に気づくよう、電話をかけることに成功していますからね。まあ、あいつのことだから、あれやこれやと屁理屈並べて、相手を説き伏せたんでしょうけど」

亘にそう言われ、内村の頭に青木の屁理屈が聞こえてきた。

——わかりました。喜んで協力いたしましょう。僕、警察嫌いですから。ただ、警察内部のデータにログインさせたいのなら、欠勤する旨の電話を入れさせてください。あなたは知らないでしょうけど、警視庁には特命係という、とんでもなく厄介な部署がありまして、そこの杉下右京という男は、僕と同じくらい頭が切れる。僕が杉下さんに借りた本を、今日の朝十時までに返却しなければ、なにかあったんじゃないかとピンときて、すぐに僕のアクセス権を停止させるはずです。そうなったら目的は果たせませんよ。それでもいいんですか？　僕が怪しいことを言ったら、すぐに電話を切ればいいでしょ？

中園、伊丹、芹沢にも同じような声が聞こえたらしく、四人は妙に納得した。

「じゃあ、もし犯人が知りたい情報を得ることができたら、青木は用済みってこと？」

芹沢の質問に、亘が答える。

「そうなったら、身内を見殺しにしたってことで、間違いなくマスコミの餌食《えじき》になりますね。ああ、これは大変だ」

「大至急、青木を救出しろ！」内村が吠《ほ》える。

「ですが、すでに手遅れということも……」

中園の悲観的な見通しを、右京が否定した。

「青木くんもそれを考えて、時間を稼いでいるようです。ファイルのパスワード解析に、あえて時間をかけているようですから。少なくとも犯人が目的を果たすまでは、青木くんの命は保証されると思います」

伊丹が確認する。

「つまり、それより先に青木を救出すればいいんだな」

「だったら、さっさと捜査に取りかかれ！」

内村が命じたが、中園は慎重だった。

「ですが、まだ拉致と決まったわけではありません。もし勘違いだったら……」

「この件は絶対に外部に漏らすな。秘密裏に解決しろ。いいな？」

内村はそう言い残して、席を立った。中園もそれに従う。亘は伊丹と芹沢に訊《き》いた。

「おふたりは、なにから手をつけます？」

「とりあえず、青木が犯人に拉致されたと思われる現場へ行く」

「目撃情報が拾えるかもしれないしね」

右京も行動指針を口にした。

「では我々は、青木くんがアクセスしたデータから、犯人をたどるとしましょう」

「なにかわかったら、また連絡ください」

亘が協力を要請すると、伊丹は「ああ。そっちもな」と応じ、芹沢とともに出ていった。

亘は右京の狙いを先読みしていた。

「青木がアクセスしてる内容から考えると……」

「ええ」右京が同意した。「神田北署内で起きた事件の関係者である可能性が高い」

二

神田北警察署では刑事課係長の後藤嗣昌《ごとうつぐまさ》が特命係のふたりを迎えた。

「昨年、うちで起きた捜査資料を全部ですか？」

本庁の警部からの要請に目を丸くする後藤に、右京はためらうことなくうなずいた。

「ええ。全部お願いいたします」

「本部の方が、いったいなんの捜査に必要なんでしょう?」

後藤が探りを入れる。しかし、右京は漠然とした答えしか返さなかった。

「それは人命に関わることですのでお答えいたしかねますが、こちらで扱った事件がなんらかの形で関わっていることは明らかでして」

亘が重ねて要請する。

「事件解決のために、ぜひ捜査にご協力を」

「もちろん、協力はいたします。ですが、せめてなんの事件の資料をご覧になりたいのか、教えていただきたい。こちらも、先日起きた淡路町《あわじちょう》の強盗致死事件で今、手いっぱいなんで」

右京が曖昧《あいまい》な笑みを浮かべた。

「具体的に、なんの事件かわかればいいのですがねえ」

「それがわからないんで、探しに」

亘のことばで渋面になった後藤に、右京が申し出た。

「あっ、どうぞお構いなく。ご案内いただければ、あとはこちらで勝手に拝見しますので」

結局、右京と亘は広い会議室に通された。ふたりがそこで待っていると、若い刑事が台車で数箱の段ボールを運んできた。

「お待たせしました」

「すみませんねえ。部屋まで用意していただいて」

「ここまで運んでくるのも大変なのに」

右京と亘から感謝され、若い刑事は微笑《ほほえ》みながら、段ボール箱を机の上へ運んだ。

「いえ、そんなことは……。資料を広げられる場所がよいかと思いまして」

「まだお名前をうかがっていませんでしたね」

右京に訊かれ、刑事が名乗る。

「木村《きむら》です。階級は巡査です」

木村の下の名前は信士《しんじ》だった。

「木村巡査は、こちらに赴任してどれぐらいになるのですか？」

右京の質問に、木村がはきはきと答える。

「まだ半年です」

「おっ、初々しいね。頑張れ、新人！」

亘の冷やかしを、右京が聞き咎《とが》めた。

「そういう君も、まだたったの四年目ですよ」

「えっ、そうでしたっけ？」

亘がとぼけたときには、右京はすでに資料に目を通しはじめていた。

刑事課の席に戻ってきた木村に、後藤が訊いた。

「で、あのふたり、いったいなにを調べに来たんだ？」

「それがまだなにも」木村は顔を曇らせ、「では、自分も淡路町に聞き込みに行ってきます」

踵《きびす》を返そうとする木村を、後藤が引き留めた。

「いや、待て。本部はいったい、なにを調べているのか気になる。お前はあのふたりを見張ってろ」

神田北署の署長、梅本康平《うめもとこうへい》は後藤係長よりも年が若かった。署長室で年長の部下から報告を受けて、梅本が不審な顔になる。

「特命係？　いや、特になにも連絡は受けておりませんが」

「そうですか」

「いったい、なにを調べに来たというんでしょうね……」

署長も本部の意向が気になるようだった。

「それがまだわかりません」

「ですが、こちら側に調べられて困ることなどありませんよね。違いますか？」

署長に問われ、後藤はややためらいながらも「はい」と答えた。梅本が苛立《いらだ》たしげに話題を変えた。

「それよりも、淡路町の事件捜査はどうなってるんですか？」

「現在、裏取り中です。明日には送検できるかと」

後藤がかしこまって答えた。


その頃、青木は正体不明の男に監禁されていた。監禁犯の男は帽子を目深に被《かぶ》り、サングラスとマスクで顔を隠していた。青木のほうは両足首をロープで縛られた状態で、パソコンに向かわされていた。

「さっさと開け！」

監禁犯がナイフを突きつけて、青木に迫った。青木は果敢に言い返した。

「あのですね、警察のデータに外部から侵入しているんですよ。パスワード解析がバレないよう、僕は慎重に作業してるんです。あの……少しだけそれ、離してもらえませんか？　気になって作業に集中できないんで……」

青木の希望を容《い》れて、監禁犯がナイフを遠ざけた。すると青木がさらなる要求を持ち出した。

「あと、もうひとつお願いが……。目的果たしたあと、僕のこと、用済み扱いしないでくださいね。そのつもりなら、協力はできませんから」

調子に乗って大きく出た青木に、男が再びナイフを突きつけた。青木は泣きそうになってパソコンのキーボードを叩いた。

「ごめんなさい。続けます……続けますから！」


「そうですか。どうもありがとう」

右京は礼を言って、電話を切った。特命係のふたりはまだ神田北署の会議室にいた。資料を当たっていた亘が上司に訊いた。

「なにか動きがあったんですか？」

「ええ、土師くんから」右京はそう答えて、捜査資料のファイルに目を走らせた。「あ、ありました。これですねえ。青木くんが、この事件のデータにアクセスをはじめたようです」

右京が取り上げたのは、「金狼会《きんろうかい》幹部刺傷事件」と題された捜査資料だった。

「この事件になにか？」

亘の問いには答えず、右京はファイルの背表紙に記された担当者の名に注目した。

「担当者は後藤さんですか」

「失礼します」

ドアが開き、木村がふたりにお茶を持ってきた。

「なにか見つかりましたでしょうか？」

興味津々なようすの木村に、右京が問いかける。

「この調書を書いた後藤さんは、君の上司ですね」

「はい、そうですが……なにか？」

「すみませんが、これ、すべてコピーしていただけますか？」

右京が示した資料は、後藤が担当した事件のファイルで、十冊ほどあった。

「えっ、これ、全部ですか？」

目を瞠《みは》る木村に、右京がさらりと要求した。

「ええ。念のため、全部」

「わかりました。その代わりというわけじゃないんですが、捜査に自分も同行させてください。おふたりの捜査をぜひ勉強したいんです。お願いします」

木村が頭を下げるのを見て、亘が言った。

「俺たちについて回ってもなんの勉強にもならないと思いますが」

「お願いします！」

木村が再度深く頭を下げた。

「右京さん、どうします？」

「僕は別に構いませんよ。君にもいろいろ事情があるでしょうからね」

「ありがとうございます」

木村の顔がパッと輝いた。


翌日、右京と亘は木村を伴って、〈金狼会〉の事務所を訪れ、広瀬《ひろせ》という高そうなスーツを着た男と面会した。若いわりに肝の据わった広瀬は〈金狼会〉の若頭だった。

「広瀬さん、あなたが〈銀龍会《ぎんりゅうかい》〉の構成員に襲われた際の状況をもう一度、詳しくおうかがいしたいのですが」

広瀬が顎《あご》をしゃくって木村を示す。

「話なら、そこにいる若い刑事さんに聞けばいいだろ」

右京が立場を説明する。

「彼はただの立会人です。我々とは部署が違いますので」

「一度話すも二度話すも一緒だろ？」

亘がぞんざいに迫ると、広瀬の傍らにいた構成員がいきりたった。

「てめえ、口の利き方、気をつけろ！」

広瀬が構成員を手で制すと、右京が思わせぶりに言った。

「これは、あなた方の利益にも繋がると思ってのことなんですがねえ」

亘も続く。

「悪いようにはならないと思いますが」

「なるほど」広瀬が了解した。「つまり、こういうことか？　これを機に、警察は〈銀龍会〉を潰そうってことだな」

「そのあたりのことは、ご想像にお任せします」

右京がぼかすと、広瀬はひとり合点した。

「そういうことなら話は別だ。いいだろう。教えてやるよ。あれは去年の十月だったな。女ん家《ち》に行こうとしてたときだ。暗がりを歩いていると、いきなり何者かが背後からぶつかってきて、腰のあたりに鋭い痛みを感じた。ナイフで刺されたとわかったときには、転倒して気を失っちまってた」

亘が広瀬の話を継いだ。

「そして血の付いたナイフを持って出頭してきたのは、敵対する〈銀龍会〉の構成員、相良《さがら》治夫《はるお》だった」

「まあ、どうせ黒川《くろかわ》に命じられて相良が刺しに来たんだろ」

たいしたことではないというふうに語る広瀬に、右京が確認する。

「黒川とは、〈銀龍会〉の組長の黒川龍蔵《りゅうぞう》のことでしょうか?」

「ああ。ちょっとあいつの女とデキちまってな」

「よく敵対する組織の、それも組長の女に手を出せますね」

呆れる亘に、広瀬が薄く笑った。

「据え膳食わぬは、って言うだろ?」

亘が右京に耳打ちする。

「もしも本当に黒川が命じたのならば、黒川も罪に問われることになりますが」

「それを立証するのは難しいでしょうねえ。凶器に付着していた指紋は、相良のものと一致していましたし、付着していた血痕も広瀬さんのものと一致したんですよね?」

右京に振られた木村が「はい」と答える。右京は広瀬に向かって左手の人差し指を立てた。

「ひとつ確認を。あなたは襲われた際、相手の顔は?」

「暗くて背後からの不意打ちだったからな。なんなら、今からでも、黒川だったたってことにしてやってもいいぞ」

「いいえ、それには及びません」

「まあ、なにかあったら言ってくれ。互いにウィンウィンの関係でいこうじゃねえか」

にやりと笑う広瀬に、右京が暇《いとま》を告げる。

「それは遠慮しておきましょう。では、我々はこれで」

帰ろうとする右京と亘を、広瀬が呼び止めた。

「おい、〈銀龍会〉をぶっ潰すネタを探しに来たんじゃねえのか？」

「僕、そんなこと、言いました？」と右京。

「いえ、ひと言も」と亘。

素知らぬ顔で事務所から出ていくふたりを木村が追った。

「えっ？　ちょっと……」


三人は続いて〈銀龍会〉の事務所に、黒川龍蔵を訪ねた。黒川は和服を着た貫禄のある男だった。

「女ひとりごときに俺が報復なんかするか。相良の奴が勝手にやったことだ。おかげで〈金狼会〉とはひと悶着《もんちゃく》だよ」

鼻で笑う黒川に、右京が確認する。

「黒川さん、あなたが命じたことではないんですか？」

答えたのは、黒川龍蔵の隣に控えていた、細身で冷酷そうな顔をした息子の龍臣《たつおみ》だった。

「所轄の刑事《デカ》も根掘り葉掘り訊いてたけどよ、親父がそんなくだらねえことするわけねえだろ、この野郎」

「そうですか」と右京は亘と顔を見合わせた。

「……にしても、何度も何度も同じことを。警察ってのも因果な商売だねえ」

悠然と煙草《たばこ》に火を点《つ》ける黒川に、亘が慇懃《いんぎん》に言った。

「仕事ですから」


〈銀龍会〉の事務所を出たところで、亘が右京に話しかけた。

「どちらも調書の通りでしたね」

「そのようですねえ」

ふたりの後ろを歩いていた木村が前に回り込んできた。

「あの……実は気になっていることがありまして」

「おや、気になっていることとは？」

右京が興味を示す。

「〈金狼会〉の広瀬が刺された事件の、翌日の夜なんですが……」

木村は立ち寄った居酒屋で、〈銀龍会〉の相良がテーブル席で若い構成員、河野《こうの》と酒を酌み交わしている場面に遭遇した。カウンター席にいた木村の耳に、ふたりの会話の断片が聞こえてきた。

「そうか、父親になるのか」

相良が身を乗り出すと、河野がうなずいた。

「はい。それで田舎帰って、畑継ごうかと」

「堅気になるなら、周りのもんの手前もな」

「覚悟はできてます」

「これか？」

相良が小指をテーブルの上に載せると、河野は顔を曇らせて俯《うつむ》いた。

「……はい」

「今どき、バカなまねはすんな！　子供になんて言い訳するんだ、この野郎。組長には俺から話してやる」

そのとき河野のスマホの着信音が鳴った。

「若からです」

「龍臣さんから？」

相良が訊くと、河野は首肯して電話に出た。龍臣の声はもちろん木村には聞こえなかったが、河野は「はい。わかりました」とすぐに電話を切ると、「今すぐ来いって。ちょっと行ってきます」と相良に言い残して、居酒屋を飛び出していったという。

「……僕には、相良が広瀬を刺したとはどうしても思えなくて」

木村の話を右京が要約する。

「つまり、相良は身代わりで出頭した可能性が高いと？」

「ええ」

「それ、後藤さんには？」亘が訊いた。

「もちろん報告しました。ですが、黒川にも、息子の龍臣にもアリバイがあって、後藤係長からは『証拠は揃ってる。なにより、相良本人が犯行を自供したんだ。ヤクザ同士の喧嘩《けんか》より、神田坂の強盗事件に集中しろ』と言われました。それで、そのまま送検に……」

「なるほど」

納得する亘の横で、右京はなにやら考えていた。

その夜、ふたりが特命係の小部屋で捜査資料のコピーを検めていると、角田がマグカップを携えて入ってきた。

「聞いたぞ。〈金狼会〉と〈銀龍会〉に乗り込んだんだって？」

答えたのは亘だった。

「さすが角田課長、耳が早いですね。課長は長いこと、〈銀龍会〉をマークしてますよね？」

「まあな」

「相良治夫ってどんな人物なんです?」

「相良はいわゆる昔気質《かたぎ》の、義理人情に厚いヤクザもんだよ。十代の頃に先代の組長に拾われて、ずっと〈銀龍会〉に忠義を尽くしてきた古参だな」

「古参……」

角田は右京の手元にある相良の事件調書を覗き込んだ。

「その調書、なんか気になるのか?」

「ええ」右京が認めた。「この相良の調書だけが、他と比べると、なぜか丁寧に、詳細に記録されていましてねえ」

「はあ。相変わらず細かいことが気になるね」

感心するというよりも呆れる角田に、右京が言った。

「僕の悪い癖です。ですが、人が雄弁になるときは……」

右京のことばを亘が受ける。

「なにか隠したいことがあるとき」

「その可能性もなくはないかと」

「なるほどね」角田は一理あると認めつつも、疑問を呈した。「でも、こいつらの諍《いさか》いごとが、青木の件になんか関係あるのか?」

右京が答える。

「広瀬は、黒川龍蔵に命じられた相良によって刺されたと思っていました。だとするならば、青木くんを拉致して身代わりを調べさせる必要はない、と思いますがねえ」

「となると、いったい、誰が青木を……」

亘のつぶやきに、右京が応じた。

「犯人の目的は、別の事件にあるのかもしれませんねえ」

三

翌日、伊丹と芹沢は捜査一課の自分のデスクで、防犯カメラの映像をチェックしていた。映像はまだたくさん残っており、成果の出ないチェックに、伊丹はうんざりしていた。

そこへ亘が入ってきて、ふたりのパソコンを覗いた。

「どうですか、その後の足取りは？」

「まだ、なんにもだよ！」伊丹が苛立ちをぶつける。「そっちはどうだ？」

「こっちもまだなにも……」

「どうやら、犯人は防犯カメラに映らないルートを選んでるみたいなんだよね」

ぼやく芹沢に、亘が訊いた。

「まったく映ってない?」

「ああ」伊丹が投げやりに答える。

「そうなると、犯人は入念に下調べをしたってことですね」

右京はサイバーセキュリティ対策本部の土師のデスクの隣にいた。パソコンで青木のログをモニタリングしていた土師が変化に気づいた。

「青木はまた別の事件資料にアクセスしているようです」

「では、その事件データをメールで送っておいてください」

「はいはい……」

おざなりに答える土師に、右京が左手の人差し指を立てた。

「それと、君のその優秀さを見込んで、ひとつお願いが」

「まだなにかあるんですか?」

「君が青木くんを救い出すことになるかもしれませんよ」

「はあ?」

土師が当惑顔になった。


右京が特命係の小部屋に戻ってパソコンに向き合ったとき、土師からメールが送られてきた。

「来たようですねえ」

　届いたのは青木が今朝調べはじめた事件の捜査資料だった。

　そこへ亘が戻ってきた。

「伊丹さんたちも、まだ手掛かりゼロみたいですよ」そして右京のパソコンへ目をやった。「おっ、それは？」

「青木くんが今、新たにアクセスしはじめた事件です」

　亘が資料のタイトルを読み上げた。

「千代田区男性会社員重過失致死事件ですか……」

　右京が資料に素早く目を通しながら、事件の概要を要約していく。

「事件が発生したのは去年の九月の夜。相良の事件よりも前に発生した重過失致死事件のようですねえ。加害者は石井《いしい》直久《なおひさ》、五十一歳。被害者は千葉《ちば》義人《よしと》さん、三十歳。石井直久はその日、息子の琢也《たくや》さんが事故に遭い、意識不明で運ばれたと連絡を受け、職場から病院へと急いでいた。そして焦って階段を上っている際に、前を歩いていた千葉さんを押しのけてしまった。千葉さんは壁にぶつかり、バランスを崩して転落。頭を強く打って死亡した。その場に一緒にいた浜崎洋介《はまざきようすけ》さんと戸川《とがわ》季史《としふみ》さんの証言もあり、また、石井本人も千葉義人さんを押しのけたことを覚えていると自供していることから、そのまま逮捕、送検。そういう事件のようですねえ」

「事件資料を見る限り、特に不審な点はありませんね」

亘の意見を、右京はいったん保留した。

「資料を見る限りは、ですがね」


右京と亘は神田北署へ行き、木村から捜査情報を聞こうとした。

「石井直久の事件ですか？」

「ええ。例えば、そのときの証拠、防犯カメラの映像などがあれば、見せていただきたいのですが」

右京が申し出たが、木村は顔を曇らせた。

「特にそういった証拠は……。現場が映っている防犯カメラはなかったので」

「石井の自供だけで送検を？」

亘の口調に責めるようなニュアンスを感じ取った木村の返答は言い訳めいていた。

「一緒にいた同僚の証言もありましたし……」

「そうですか」

右京はなにか頭の中で思考を巡らせているようだった。

続いてふたりは石井直久が収監されている刑務所へ行き、石井と面会した。

石井の顔には憔悴《しょうすい》の色があったが、受け答えはしっかりしていた。

「あの日は息子の事故のことで気が動転していて、あまりよく覚えてないんです。でも、この手が覚えてるんです。千葉さんを押しのけたときの感触を……」

石井はこう証言した。

あの日、石井の前を千葉と浜崎と戸川が横一列に並んで、薄暗い路地の階段を上っていたという。決して幅の広くない階段の片側はコンクリート壁、反対側は手すりがついており、三人をすりぬけて前に出ることはできなかった。スマホの地図を見ながら走っていた石井は、急ぐあまり、壁側にいた千葉と真ん中にいた浜崎の間に強引に割り込んだ。そのときに千葉を押しのけた手の感触をいまでもよく覚えている。階段を駆け上がる背後で、なにかがぶつかる鈍い音が聞こえたような気がするが、それは千葉がコンクリートの壁に頭をぶつけた音だったと、あとから知ったのだった。

「では、間違いなく石井さんご自身がやったことだと？」

念を押す亘に、石井は「そうとしか……」とことばを濁した。

「ですが、故意にやったわけではありません。また、あなたは重過失致死罪で懲役四年という重い判決に対して、控訴しませんでしたね。それはなぜでしょう？」

右京が質問すると、石井は俯きかげんになって切実な声を漏らした。

「理由はどうであれ、もし私が未来ある若者の命を奪ってしまったのなら、それは償うべきだと……」

刑務所を出たところで、亘が右京に言った。

「石井の話からすると、被害者と同行していた浜崎、戸川が結託して、石井をはめたという冤罪《えんざい》の可能性もあるかもしれません」

「状況としては、十分考えられますねえ」

「えっ？　三カ月前の重過失致死事件ですか？」

その直後、捜査一課の伊丹は右京からの電話を受けていた。

――加害者側の親族の所在を大至急、確認してください。

「いや、しかし警部殿、こっちも手が……」

しかし、すでに電話は切れていた。伊丹は舌打ちをした。

「切れてんじゃんかよ。おい、芹沢！　行くぞ」

「えっ？　あっ、はい」

芹沢はわけもわからず、先輩の背中を追った。

数時間後、右京はとある喫茶店で木村と会っていた。右京から刑務所まで行ったと聞き、木村は驚いていた。

「えっ、じゃあ、わざわざ石井に面会に……？」

「どうしても気になったものですからね」

「それで……なにかわかったんですか？」

「ちょうどその『なにか』が来たようです」

「あっ、右京さん」

喫茶店に入ってきたのは亘だった。右京の隣に座って、聞き込みの成果を伝える。

「三人と同じ会社の同僚に話を聞いてきたんですけど、亡くなった千葉さんと浜崎、戸川の関係はかなり微妙だったみたいです」

「微妙ですか……」右京が先を促す。

「ええ。千葉さんは、浜崎と戸川に強烈なパワハラをしてたみたいです。千葉さんが亡くなったあと、ふたりはまるで自由を手に入れたみたいにはしゃいでるって話です」

報告を受けた右京は、木村と向き合った。

「調書にそのことはいっさい、記載されていませんでしたね」

「はい……」

「右京さん、あのふたりが、気が動転していた石井に罪をなすりつけたのかもしれません」

亘の考えはこうだった。たしかに千葉を押しのけたのは石井だった。そのせいで千葉はコンクリートの壁に頭をぶつけ、気を失って階段から転落した。石井が立ち去ったのをチャンスと見た浜崎と戸川が、意識のない千葉の頭を力いっぱい地面に叩きつけて殺したのだ。

亘の仮説を聞いた木村が目を丸くした。

「じゃあ、あの事件、冤罪ってことなんですか？」

「あくまでも推測ですが。でも、その可能性は十分に考えられます。この事件、本当にきちんと捜査した？」

亘に詰問され、木村が顔を伏せる。

「すみません。僕、途中から別の事件捜査に回されてしまったんで……」

現場を見たいと言われた木村は、ふたりを事件の起こった階段へと案内した。

「ここが石井の事件現場です」

右京が階段を注視している間に、亘は周囲を見回した。そして、近くのコンビニの入り口に防犯カメラが設置してあるのを見つけた。

「右京さん。あれ……」

「ええ。しかし、事件が発生してから三カ月以上、経過してますからねえ」

右京は糠喜《ぬかよろこ》びしないよう、慎重だった。


右京が木村とともに特命係の小部屋で待っていると、亘が微笑みながら帰ってきた。手にはＵＳＢメモリーを持っていた。

「警備会社の管理センターから映像入手できました」

さっそくパソコンで、事件当時の防犯カメラの映像を再生してみた。

まず千葉たち三人が画面に現れた。

「おめえがいつもダラダラしてるからだろ！」

千葉が浜崎の頭を引っぱたく場面が映っていた、その後、千葉は鞄を振り回して戸川の背中を叩いた。

「戸川！　おめえもだよ」

三人はそのまま画面からフレームアウトしていった。

映像を見た亘が言った。

「この映像を見れば、三人の関係性に気づけたはずですね」

続いて、画面に石井が現れた。スマホを片手に、小走りで千葉たちと同じ方向へ去っていった。しばらくして車が同じ方向に走っていった。

コンビニの防犯カメラには問題の階段は映っていなかった。

「画面から切れてますね」

残念そうに語る亘に、右京が命じた。

「冠城くん、もう一度巻き戻してもらえますか?」

「はい」

画面が巻き戻る途中で、右京がストップのコールをした。

「そこです」

亘が映像を停止する。石井のあとから車がやってくるところだった。通過する車はタクシーだった。亘が右京の考えを先読みした。

「でも、ドライブレコーダーの映像なんて、すぐに書き換えられるんじゃ……」

「もしかしたら、入手できるかもしれません!」

木村はそう言い残すと、部屋から飛び出していった。木村と入れ違いで伊丹と芹沢が入ってきた。

「誰なんだよ、今のは」

「なんか、ずいぶんと急いでるみたいでしたけど」

伊丹と芹沢が木村の背中を振り返りながら言ったが、右京は話題を変えた。

「それより、おふたりがいらしたということは……」

「ええ。警部殿のご推察通り、ひとり、所在が確認できない人物がいましたよ」

伊丹が前置きし、芹沢が情報を提供した。

「石井直久の息子の石井琢也。〈慶明《けいめい》大学〉工学部の三年生です」

「これから就活ってときに、父親が犯罪者となれば、なにかと厳しいでしょう。冤罪なら晴らしたいと考えてもおかしくない」

伊丹が見解を示すと、右京が右手の人差し指を立てた。

「もしそうだとした場合、疑問がひとつ」

「なんですか？」

「ならば、なぜ犯人は青木くんに、他の事件捜査のデータにもアクセスさせたのでしょう？」

「いや……それは……」

伊丹が芹沢に助けを求める。

「それは？」

芹沢は亘に助けを求めた。

「カムフラージュって可能性はないですか？　自分の犯行だとバレないように」

亘が捻《ひね》り出した答えは、右京の考えと違っていた。

「その可能性も否定できませんが、おそらく本当の目的は別にあるように思いますがねえ」

そのとき、右京のスマホが振動した。土師から電話がかかってきたのだった。右京が電話に出る。

「なにか新たな動きはありましたか？」

——ええ。今度は別のファイルにアクセスしはじめました。事件のファイルではなく、個人のファイルです。

「個人のファイルですか。どなたのファイルでしょう？」

——神田北署のゴトウツグマサという人物ですね。

「そうですか。刑事課係長の後藤さんのファイルですか。青木くんが最終的にアクセスしたデータが判明したら、大至急、それを僕のパソコンに送ってください」

翌朝、タクシーのドライブレコーダーの映像を木村が入手し、右京と亘はパソコンでそれを再生させた。

ドライブレコーダーには、石井が千葉を押しのけるところからの一部始終が記録されていた。千葉を押しのけた石井は階段を駆け上がった。一方、壁に頭をぶつけた千葉は、そのまま階段の下に転がり落ちた。浜崎と戸川が慌てて駆け下りたが、千葉はすでに動かなかった。

亘は自分の考えが間違っていたことを悟った。

「やはり証言通りでしたね」

「ええ。これで石井直久の冤罪説は完全に消えたことになりますねえ」

「でも右京さん、これが犯人が最終的に知りたかった映像だとすると、青木は……」

右京は亘を制して、土師に電話をかけた。

「土師くんですか？　お願いしていた件ですが、準備はできましたか？」

――もちろん、できてます。

「では、お願いします」


その頃、足を縛られたまま監禁されていた青木は、右京たちが見ていたのと同じタクシーのドライブレコーダーの映像を犯人に見せていた。

「もういいですか？　この映像、閉じますよ」

青木が映像を閉じようとすると、突然デスクトップに「無題」という名のファイルが浮かび上がった。

「遅いですよ、杉下さん……」

青木が小声でつぶやき、そのファイルをクリックする。するとパソコンからアラームが鳴り、画面に「あなたのパソコンはウイルスに感染しています！」という警告文が表示された。

監禁犯が青木にナイフを突きつけた。

「おいお前、なにをした？　なにを開いたんだ！」

「さあ、僕にもさっぱり」

青木は迫真の演技でしらを切った。


そのとき右京のスマホには地図が表示され、中央の点が点滅していた。

「青木くんはここにいます」

「どうやって居場所を？」

右京は質問には答えず、亘を促した。

「話はあとです。急ぎましょう」

四

地図が示していたのはとある倉庫だった。駆けつけた右京は、パソコンの前に座り、黒い布で顔を隠した犯人に呼びかけた。

「石井琢也さんですね？」

右京とともに踏み込んだ亘は、足を縛られて床に倒れている青木の体を揺すった。

「青木！　青木！」

青木がゆっくりと目を開く。

「もうちょっと寝かせてくださいよ。僕、ずっとろくに寝てないんで」


一時間ほどして、木村が息を切らして倉庫に駆け込んできた。そして、そこに右京と亘がいるのを見て、ハッとなった。

「どうして杉下さんたちが？」

「石井琢也さんなら、ここにはもういませんよ」

右京が厳かな声で告げると、亘が続いた。

「今頃ちょうど、取り調べがはじまった頃だろうな」

「えっ？」

「君が受け取ったメールですが……」

右京のことばで、木村はスマホのメールの文面を改めて読み直した。

――無関係な警察官を殺してしまいました。死んで償いたいと思います。

石井琢也
と、木村の背後から声がした。

「そのメールを送ったのは僕だよ」

振り返った先には青木の姿があった。

「じゃあ、本気で眠いので、僕はこれで」青木はいったん立ち去ろうとして立ち止まり、振り返った。「大事なことを言い忘れてました。僕を利用したこと、一生恨み続けますよ」

青木は木村をひと睨みして去っていった。

「ふたりとも生きてたんですね……」

ようやく状況を察した木村に、右京が言った。

「今回の首謀者はやはり君でしたか」

「いつ気づいたんですか？」

「我々が神田北署にいるときに、まるで我々を誘導するかのように、青木くんが相良の傷害事件のデータにアクセスをはじめました。署内に誰か、我々に調べてほしい人物がいるのだと、そのときに気づきました」

亘が右京のあとを引き継ぐ。

「そしたら、君が捜査に同行したいと申し出た」

右京がさらに続けた。

「そして我々が石井直久の重過失致死事件についてうかがった際、君は現場が映っている防犯カメラはなかったとか、一緒にいた同僚の証言があったなどと答えました。石井の事件には最後まで関わっていなかったと言いながらも、あの場であのような返事がすぐにできたのは、石井が送検されたあとも、あの事件のことを調べていたからですね？」

「はい」木村が認めた。「僕は、石井は嵌《は》められた、冤罪じゃないかってずっと思っていたんです。でも、捜査の途中で別の事件に回されてしまって……」

「それが相良の傷害事件か」と亘。

「ええ。あの事件だって、指紋なんて一度拭き取ったあとに簡単に付けられます。どう考えても、相良の身代わり出頭に違いないのに、それなのに署長は、無駄な捜査に時間とお金を費やさないで、早急に相良の身柄を送検しろと後藤係長に命じ、後藤係長もその署長の指示に黙って従ったんです……」

　唇を嚙《か》む木村に、亘が言った。

「梅本署長はキャリアだ。捜査効率を重視するタイプなんだろうな」

「そんなのって」木村は納得がいかないようすだった。「僕にはただの怠慢にしか思えなかった。そんな捜査がまた冤罪を生むんだって……。そんなときに、退院した石井の息子さん、琢也さんが署にやってきたんです……」

　木村の脳裏にそのときの琢也の真剣な表情が蘇《よみがえ》った。琢也は後藤に泣きついた。

「お願いします！　もう一度調べてください！」

しかし後藤はつれない対応をした。

「残念ですが、あなたのお父さんが、自分がやったと自供してるんですよ」

「だったら、証拠を見せてください。お願いします。お願いします！」

琢也は詰め寄ったが、後藤は最後まで取り合わなかった。なので、木村は個人的に琢也の相談に乗ったのだ。琢也は木村の前でも父親の無罪を主張した。

「あの父が、あんなに優しい父が、人を死なせるほど強く突き飛ばしたとは、どうしても思えないんです。自分にできることがあれば、なんでも協力します。だからどうか、父の無実を証明してください。お願いします」

琢也の真摯《しんし》な訴えは木村の心を動かした。

木村は、後藤が石井の送検後もなにかを調べていることに気づいていた。だから、思い切って訊いてみた。

「係長、もしなにか証拠をお持ちなら、息子さんに教えてあげたほうがいいんじゃありませんか？」

しかし後藤はとぼけた。

「なんの話をしてるんだ？」

「石井直久さんの事件、送検後も調べていらっしゃいましたよね？」

木村が迫ると、後藤は吐き捨てるように言ったのだ。

「もう終わった事件だ。なにを調べる必要がある？」と。

「後藤係長はきっとなにか証拠をつかんでいるのだと思いました。でも、今さらそれを明らかにするわけにもいかないのだろうと……」

亘が木村の思考をたどった。

「証拠を提示できないのは、実は冤罪だからに違いない。自分ではアクセスできないその証拠に、青木を使ってアクセスして冤罪を晴らそう。そう思って、今回の計画を考えたわけか」

木村が右京と亘に訴えかける。

「おふたりも見ましたよね？　亡くなった千葉さんの横暴ぶりを。あの映像を見れば、三人の関係性に疑念が生じる。立件の邪魔になる。だから送検の際、後藤係長はあの映像を証拠から外したんですよ」

亘が後藤の気持ちを酌んだ。

「下手に検察に見せれば、立件は難しくなるからね」

右京も亘と同じ意見だった。

「ですが結果、石井直久の事件は冤罪ではありませんでした。タクシーのドライブレコーダーも同様です。おそらく、後藤さんはすでに立件した事件、それを裏付ける証拠を今さら提示する必要はないと思ったのでしょう」

木村は譲らなかった。

「でも、重過失致死罪ですよ！　故意に死なせてしまったわけではない。それでも、人の命を奪った事実は、加害者のその後の人生を大きく左右するんです。だからこそ、最後まできちんと捜査し、すべてを明らかにすべきなんです」

右京が木村に説く。

「捜査について、自分の理念を掲げるのは君の自由です。ですが、その前に君は大きな過ちを犯しています！」

「過ち？」

「ひとりの若者を巻き込んで、犯罪者にしたんですよ」

右京に指摘され、木村が大きなため息をついた。そんな木村に亘が告げた。

「それなのに、石井琢也さんは君を庇《かば》ってる」

「えっ？」木村は意表をつかれたようだった。

「おそらく今も……」

ちょうどそのとき、警視庁の取調室で石井琢也は伊丹と芹沢に同じ主張を繰り返しているところだった。

「僕がひとりでやったことです」

「じゃあ訊くけど、他の事件のデータ、調べた理由は？」

呆れた表情の芹沢に、琢也は即座に理由をでっち上げた。

「もしかしたら、他にもちゃんと調べてない事件があるかもしれないと思ったからです。それを突き止めれば、父の事件の真相も暴くことができるかもしれませんから」

「あくまでも今回の一件は、自分ひとりで考えてやったことだと言い張る気か？」

まったく信じていない伊丹に対し、琢也は無駄な抵抗を続けた。

「本当のことを言ってるだけです」


倉庫では右京が木村に静かに引導を渡していた。

「君は青木くんのメールを見て、すぐにここに駆けつけた。石井琢也さんを死なせてはいけないと、彼に罪を犯させたのは自分だとわかっていたからですよ。警察官として、自分のしたことを恥じるがいいでしょう。もっとも、君がこの先も警察官でいられる保証など、なにもありませんがね」

木村は肩を落とし、目に涙を浮かべた。そして洟《はな》をすすって、右京に頼みごとをした。

「最後にひとつだけ、お願いしていいですか？」

「なんでしょう?」

翌日、右京と亘は神田北署を訪れ、帰ろうとする後藤の前に立ちはだかった。右京が有無を言わさぬ口調で告げた。

「ちょうどうかがうところでした。少々お時間をいただきたいのですが」

警視庁では伊丹と芹沢が〈銀龍会〉の黒川龍臣を取り調べていた。

伊丹が強面《こわもて》で龍臣に迫った。

「しらばっくれても無駄だ。お前があの夜飲んでたっていう店にいなかったことは、調べがついてんだ」

「はあ?」

「それと犯行時刻の直後、事件現場付近でこんなものもね」

芹沢が龍臣の前にタブレット端末を差し出した。防犯カメラの映像が再生され、フードを被り、ナイフを握った男が映った。

「ちゃんと画像解析もしておいたから」

芹沢が映像を操作すると、フードの男の顔が鮮明になった。それは龍臣に違いなかった。手に持ったナイフに血が付いていることも明らかになった。

伊丹が再び龍臣に詰め寄った。

「お前は〈金狼会〉の広瀬を刺したあと、その罪を無理やり相良に押しつけ、身代わりに出頭させたんじゃないのか？」

「違《ちげ》えよ。あのジジイが言い出したんだよ。別に俺が命じたわけじゃねえよ」

「そうか」伊丹が同意した。「自分が身代わりに出頭するから、河野を破門にしてやってくれと相良のほうから頼んできたのか」

「そうだよ。相良のジジイが言い出したんだよ。俺が身代わりになるって」

口を滑らせた龍臣に、伊丹がとどめを刺す。

「つまり、やったのはお前だな？」


この取り調べのようすを、隣の部屋からマジックミラー越しに右京と亘が見ていた。ふたりに挟まれる格好で、後藤の姿もあった。右京が後藤に言った。

「やはり、あなたも同じ思いを抱いていたようですねえ」

「だったら、どうして最後まできっちり捜査しなかったんです？　そうすれば、木村もあんなまねせずに済んだのに」

亘が問い質《ただ》したが、後藤は口をつぐんだままだった。右京が一冊の手帳を後藤に渡した。

「木村巡査の手帳です」

「木村は真犯人の龍臣のことを細かく調べてました」

亘のことばを受け、後藤が手帳を開いた。そこには手書き文字で、聞き込みの結果や木村自身の考えがびっしり書き連ねられていた。後藤はただ絶句するしかなかった。

右京と亘は特命係の小部屋で、数日前と同じようにのどかな時間を過ごしていた。角田がふらっと入ってきて、ふたりのようすを見て言った。

「おっ、暇そうでなによりだね」

そこへ角田を押しのけるようにして、怒りを露《あら》わにした青木が入ってきた。

「どうして土師なんかに頼んだんですか！　おかげで僕はあいつに借りができてしまったじゃないですか！」

青木は犬猿の仲の土師に、「お前が助かったのは、僕が送ったウイルスのおかげだ。感謝するんだな、出戻り！」と言われたのだった。

「おやおや、そうでしたか。それは申し訳ないことをしましたねえ」

右京が口先だけで謝ると、亘が慰めた。

「まあ、でもよかったじゃん。ねっ。お前はそれで助かったんだから」

しかし、青木の怒りは収まらなかった。

「杉下さん、もしかして本当はもっと前に、あのウイルスのことも気づいていたんじゃないですか？」

「そう言われれば、そうだったかもしれませんねえ」

「だったら、どうしてすぐに僕を助けに来ないんですか？」

「ですが、それだと真相を明らかにできませんでしたからね」

しゃあしゃあと言ってのけた右京に、青木が憤懣《ふんまん》をぶつけた。

「ひどい！　僕の命よりも真相解明を選ぶなんて！」

「まあまあ……いいじゃないか。結果的に助かったんだし」

角田が取りなしたが、青木は「一生、根に持ってやる！」と吐き捨てるように言い、部屋から出ていった。しかし、すぐに戻ってきた。

「どうした？」亘が訊く。

「忘れ物です！」

「助けてもらった礼、言い忘れてる？」

「誰がそんな！」

青木は『蟻地獄図鑑』をつかむと、憤然と去っていった。

第十一話「神の声」

一

警視庁特命係の杉下右京と冠城亘は奥多摩警察署から出てきたところだった。

亘が警察署を振り返りながらぼやく。

「いやあ、遺留品の返却でわざわざ奥多摩とは」

右京は平然と受け流した。

「もともとそういう部署ですからねえ」

「特命と書いて、雑用と読む」

亘のジョークに右京はうなずいた。

「おっしゃる通り。では、帰るとしましょう」

「あっ、右京さん。せっかく奥多摩まで来たんですから、昼飯でも食べて帰りません？」

「おや、なにか当てでもあるんですか？」

「牡丹鍋、いかがです？　この先の神木村《かみき》に名店があるそうですが……」

「神木村ですか」右京は少し思案して、「いいですね、行きましょう」と同意した。

山に囲まれた集落を抜けるくねくね道を車で走ること数十分、ふたりはようやく牡丹鍋の名店〈しぐれ屋〉に到着した。ところが残念なことに、〈しぐれ屋〉の門扉《もんぴ》には臨時休業をする旨の手書きの貼り紙があるではないか。

亘が心から悔しがる。

「あ〜あ。楽しみにしてるとこれですよ」

「往々にして、世の中そういうものですよ」右京は慰め、周囲を見渡した。「実は、一度この村に来てみたかったんです」

「なにかあるんですか？」

「ええ。ここ、神木村は三年ほど前、ちょっとした騒ぎがありましてね。おや」

右京が答えたとき、少し離れたところから陽気な音楽が聞こえてきた。

「なんですかね？」

興味を覚えたふたりが近づいてみると、移動スーパーの車が停《と》まり、スピーカーから音楽を流していたのだった。近所の住民と思《おぼ》しき老人が何人か買い物に来ており、中年の女性が笑顔で接客していた。

「ありがとうございました」

客に頭を下げている女性に、亘が話しかけた。

「こんにちは」

「いらっしゃい」

笑顔を向けた女性に、右京が訊《き》いた。

「移動スーパーですか」

「ええ、隣町から。この村、スーパーがなくて。お年寄りは買い物に出るの、大変でしょ？　だからこうして朝から集落を回ってるんです」

「ああ、そうでしたか」

そこへ制服姿の三十代くらいの警察官がやってきた。

「琴江《ことえ》さん！　いつものください」

スーパーの女性は山下《やました》琴江という名前だった。

「また？　駐在さん、ほんと好きねえ」

「我々、警察官はあんパンと牛乳が基本ですから」

琴江が警察官のためにあんパンと牛乳を袋に入れるのを見て、亘が右京に言った。

「我々も見習いますか」

「ええ」

「じゃあ、こっちもあんパンと牛乳」

亘のオーダーを聞いた琴江は、「あら、あなたたちもおまわりさん？」と笑った。

警察官は草野《くさの》奏太《そうた》という名前だった。草野が特命係のふたりに顔を向けた。

「おや、見慣れない顔ですが……」

亘が簡単に説明する。

「仕事で近くまで来たものですから、そこの牡丹鍋のお店に」

「そりゃあ、タイミングが悪かったですね。ちょうど今日から三日間、山仕事が禁止でイノシシがとれないんですよ」

右京が会話に加わる。

「ひょっとして、山の神ですか？」

「山の神？」亘は聞いたことがなかった。

「昔から山には神が宿ると言われてましてね。その神様がときどき山に降り立つんです。そのときに人間が近づくと、怪我《けが》をしたり亡くなったりするという言い伝え」

草野が感心して目を丸くした。

「おっしゃる通り。この三日間、神社の神主さんと世話役以外、山には誰も近寄りません。しかし、よくご存じですね」

「この人、変なことに詳しいんですよ」

亘が上司を変人扱いしたが、当人はまるで気にしていなかった。

「ほんの聞きかじりですよ。近頃はそういった山岳信仰もなくなりつつあると聞きますが、この村の神様はまだご健在のようですね」

するとと買い物に来ていた老女が会話に割り込んできた。

「そうだ。たしかに神様はおる」

「おばあちゃん、駄目ですよ、よその人を怖がらせちゃ」

草野が老女を遠ざけようとしたが、右京はむしろ興味を持ったようだった。

「いえいえ、構いませんよ。続けてください」

「この前、山菜を採りに行ったら、どっからともなく声が聞こえてきたんだ。獣じゃねえ。なんとも言えん、うなり声だ。ありゃあ、たしかに神様の声に違《ちげ》えねえ」

老女が両手をすり合わせ、拝む仕草をすると、右京は目を輝かせた。

「神の声ですか。それは興味深いですね」

「ああ、はじまったよ、ほら」

変わり者の上司の旺盛な好奇心を亘が嘆く。そのとき、草野の無線が鳴った。

「こちら、神木地区ＰＢ、どうぞ。えっ、山で変死体？」

草野の不穏なひと言に、右京と亘は顔を見合わせた。


草野と一緒に、右京と亘も遺体発見現場に急行した。現場は林の中だった。三人が駆けつけたときには、すでに初動捜査がはじまっていた。

「ああ、これは……」

遺体を目にした亘が絶句するのも無理はなかった。遺体はロープでぐるぐる巻きにされ、ペグで地面に固定されていたのだ。

数時間後、報告を受けた捜査一課の伊丹憲一と芹沢慶二がやってきた。

「地面に磔《はりつけ》か……」

遺体の異様な状態に眉を寄せる伊丹に、亘が説明する。

「被害者は真柴恭平《ましばきょうへい》さん、六十二歳。村の住人だそうです。死亡推定時刻は今朝八時から十時。目立った外傷はなく、死因は今のところ不明」

右京も情報を提供した。

「真柴さんは以前、村役場にお勤めされていたそうです。大変人望の厚い方だったようですよ」

「はあ……」

特命係のふたりに先を越されておもしろくない伊丹が生返事をした。草野が眼鏡をかけた初老の男性を連れてきた。

「こちら、第一発見者の小島孝之《こじまたかゆき》さんです」

「あなたはどうしてこちらに？」

芹沢が訊く。

「はい。この近くに神社があるんですが、私はそこの世話役を務めておりまして。今日は境内の清掃に」

「この村には山の神の言い伝えがあり、その関係で今日から三日間、山には誰も立ち入らないそうですね」

亘が確認すると、小島は「はい」と首肯した。

「つまり、犯人はそれを知った上で犯行に及んだ」伊丹はそうまとめ、右京と亘を睨《にら》みつけた。「って、なんで特命係がここに？」

「たまたまです」

「ええ、たまたまですね」

とぼける亘と右京に、伊丹が焦《じ》れる。

「まったくいつもいつも！」

「あの、私になにかできることがあれば」

草野が申し出たが、伊丹は「あとはこっちでやるから、ご苦労」と追い払い、芹沢に言った。「まずは聞き込みだな」

「はい」

伊丹は芹沢を連れて聞き込みに向かったが、その前に特命係に釘を刺すのも忘れなかった。

「あっ、おふたりもお帰りになって結構ですよ」

捜査一課のふたりが去ったあと、草野が小島に話しかけた。

「まさか、橋沼《はしぬま》が……」

「えっ？」

「戻ってきたんですよ。この村に復讐《ふくしゅう》するために」

草野が物騒なことを言った。


右京と亘は、草野とともに奥多摩警察署神木村駐在所に向かった。

「しかし、驚きました。まさかおふたりが、警視庁の刑事さんだったとは」

草野の声には尊敬の念が感じられた。亘が照れたように言う。

「刑事といっても、正確にはあれですが……」

「いやいや、あの目つきの悪い刑事とは大違いです」

伊丹を引き合いに出した草野に、右京が訊いた。

「ところで、草野さん。先ほどあなたがおっしゃっていた橋沼というのは、三年前、宮城県で起きた連続殺人事件の被疑者だった橋沼さんのことではないでしょうか」

草野は周囲に視線を巡らせ、「ここじゃあれなので、中へ……」と、ふたりを駐在所に招き入れた。

駐在所の居間でこたつに入り、亘が宮城県の事件を振り返った。

「たしか、若くて髪の長いひとり暮らしの女性ばかりを狙った事件ですよね。三カ月前、ようやく真犯人が捕まった」

　右京は事件を克明に記憶していた。

「あの事件で、最初に被疑者として挙がったのは、まったくの別人でした。それが橋沼一誠《いっせい》、当時三十歳。宮城県警が逮捕したものの、送検には至りませんでした。しかし、その後もマスコミに付きまとわれ、彼は居場所を失った。そして、流れ流れてたどり着いたのが……」

　亘が結論を先回りする。

「ここ、神木村だった」

「ええ」

　そこへ草野がノートパソコンを持ってきた。

「橋沼が来たときのことは今でも覚えてます。そりゃあ、もう大変な騒ぎで」

「この村にも、マスコミが押しかけたんですね？」

　右京の質問に、草野がパソコンを起《た》ち上げながら答える。

「村中が橋沼を煙たがってました。もちろん、不安や恐れもありました。それがないまぜになって、ついには橋沼を追い出そうという運動に発展したんです。その中心にいたのが、亡くなった真柴さんでした」

「なるほど」

「それから、十カ月ほど前、この女性が……」

草野がパソコンの画面をふたりに見せた。そこにはタオルを首にかけて山仕事にいそしむ女性の写真と行方不明者届が表示されていた。

「行方不明ですか……」

亘のことばを受けて、右京が行方不明者届を読み上げる。

「三ツ谷《みつや》乙羽《おとは》さん、二十六歳」

亘は写真の女性に注目した。

「若くて髪の長い、ひとり暮らしの女性」

草野が説明を加える。

「橋沼が殺したに違いないと、村の人たちは。ただ、乙羽ちゃんはもともと、この村の暮らしに嫌気がさしていたという噂もあり、行方不明者として扱われました」

「先ほど、橋沼が戻ってきたとおっしゃっていたのは？」

右京が草野の発言の意味を問い質《ただ》した。

「乙羽ちゃんが消えた直後、橋沼も姿を消したんです」

「姿を消した……」

「ええ。正直、ホッとしました。私も心のどこかで疑っていたんでしょうね」

亘が反論する。

「でも、宮城の事件のほうは真犯人が逮捕されましたよね」

「ですが、いまだに村人はこう言ってます。きっと橋沼も、どこかで人を殺したことがあるに違いないと」

右京が草野の心の中を読んだ。

「それであなたは、橋沼さんが迫害を受けたこの村に復讐すべく舞い戻り、真柴さんを殺害したと考えたんですね」

「ええ。もしかすると我々が、あの男を怪物に変えてしまったのかもしれません」

「なぜ乙羽さんが行方不明になったのか、気になりますねえ」

右京がしみじみと言った。

草野は特命係のふたりを〈美濃部《みのべ》林業〉という会社へ案内した。

「ここが、乙羽ちゃんの働いていた職場です。山林の大部分を所有している村一番の会社です」

口ひげと顎《あご》ひげを蓄えたたくましい男が外に出てきた。ひげはすっかり白くなっている。

「お待たせいたしました」

草野が男をふたりに紹介する。

「社長の美濃部達彦《たつひこ》さんです」

「どうも」と軽く礼をする美濃部に、草野が特命係のふたりを紹介した。

「こちら、先ほどお話しした警視庁の刑事さんたち」

「杉下です」

「冠城です」

美濃部が探るような目を右京に向けた。

「真柴さんの件、やっぱり橋沼がやったんですか?」

「話が伝わるのが早いですね」

「なんせ小さな村ですから……」

「まずは、行方不明になった乙羽さんのことを教えていただけませんか」

亘が用件を伝えると、美濃部は三人を事務所へいざなった。

「どうぞこちらへ」

全員が椅子に座ったところで美濃部が切り出した。

「まあ、言ってみれば、彼女は村のアイドルでした。人懐っこい性格で、山男ばかりの職場にもすぐに溶け込んで。この村の若者は、大体が隣町か都心部に出ていきます。でも彼女は小さいうちに母親を亡くして、みんな、実の娘のように可愛がっていたんです。それもあってか、村に恩返しがしたいとうちの会社に」

美濃部がパソコンを特命係のふたりのほうへ向けた。

「これ、彼女のブログです。よく作業の合間にブログに載せる写真を撮っていました。若い人が少しでも林業に興味を持ってくれたらって」

ブログには山並みを茜色《あかねいろ》に染めた夕日の写真や、ドローンを使った作業の写真が載っていた。右京は乙羽の文章にすばやく目を走らせた。

「ことばの端々に、木やこの村への愛情を感じますね」

美濃部が誇らしそうに語る。

「木は村の宝です。この会社も木に育ててもらったようなもんです」

亘はドローンの写真に着目した。

「林業でもドローンを使うんですね」

「ええ。森林の調査や苗木の運搬に活用しています。業界全体が人手不足で、機械に頼らんことにはどうにも立ち行かなくて。乙羽ちゃんも操縦士の資格を持っていましたしね」

「彼女は本当にこの仕事が好きだったようですね。となるといよいよ、なぜ突然いなくなったのか不思議ですね。」

右京のことばに、美濃部の目が険しくなった。

「きっと橋沼の仕業です。今もどこかに潜んで村の人たちを狙っているに違いありません」

そのとき美濃部の携帯電話が鳴った。美濃部は「失礼」と断り、電話に出た。

「はい、美濃部です。わかりました」

電話を切った美濃部が草野に伝えた。

「小島さんから、これから集会を開くと」

「では私も」草野は右京と亘にも声をかけた。「一緒に来られますか？」

「我々は後ほどうかがいます。一カ所だけ、見ておきたい場所が」

右京が左手の人差し指を立てた。

二

右京が見たかったのは、橋沼が住んでいた家だった。行ってみると、そこは山の中に建てられた粗末な家で、壁には「人殺し、出ていけ」「悪魔の住む家」「殺人鬼、死ね」など心ないことばがペンキで書きつけてあった。窓ガラスも何枚か割れており、段ボールでふさがれていた。

「ここが橋沼の住んでいた家ですか」

亘がそう言ってドアに手をかけた。鍵はかかっておらず、ふたりは中に入った。家の中は雑然としており、一角に電気のこぎりや万力《まんりき》、ドリルなどが置かれた大きな作業台があった。亘がその上にあった工芸品を手に取った。

「寄木細工《よせぎ》……」

右京が記憶を探る。

「たしか、橋沼さんは木工職人だったと記憶しています。ここ神木村は上質な木材で有名な林業の村。だから、彼はここに移住してきたのでしょうねえ」

「それにしても、あの壁の落書き……」

右京は割れた窓ガラスに目を向けて、

「我々が思っていた以上に、風当たりは強かったようですね」

「まさに村八分」

ふたりは家から出て、その周囲を歩いた。

「復讐の線で言ったら、橋沼には十分な動機がある」

亘の意見を、右京が認めた。

「ええ。彼なら、山に入ってはいけないこの三日間のことを知っていても、おかしくはありませんねえ」

そのとき林のほうから物音がした。ふたりがそちらに顔を向けると、フード付きのジャケットを着た男が逃げていくのが見えた。

「冠城くん！」

右京に促され、亘がすぐさま追いかけた。運動神経のよい亘だったが、巧みにステップを踏みながら林の中を逃げていく男にはさすがにかなわなかった。みるみるうちに引き離されて、やがて男の背中は見えなくなった。

あとを追ってきた右京に、亘が告げた。

「見失いました」

「どうやら山を熟知しているようですねえ」

「まさか、橋沼？」

右京と亘が到着したとき、集会場には二十人ほどの村人が集まっており、大いに揉《も》めていた。

「どうなんだよ！」「きっと橋沼の仕業よ！」「いや、皆川《みながわ》の仕業だ！」など怒号が飛び交う中、草野が村人をなだめていた。

「皆さん、ちょっと落ち着いて」

「だいたい、お前がきっちりよそ者を見張らないから、こんなことになったんだろうが！」

声が部屋の外まで漏れていた。

「殺気立ってますね」

亘が小声で耳打ちすると、右京は声を張って部屋に足を踏み入れた。

「お取り込み中、失礼します」

草野が地獄で仏に会ったような顔になる。

「杉下さん、冠城さん、ちょうどよかった！　こちら、警視庁の刑事さんたちです」

小島が立ち上がり、ふたりに訴えた。

「ご覧の通り、みんな、脅えています。一刻も早く、犯人を捕まえていただきたい」

「もちろんです」と右京。「その前に、真柴さんが殺されるに至った理由に心当たりのある方はいらっしゃいますか？」

「真柴さんほど、この村を愛した方はいませんよ。我々のよき理解者であり、困ってる人がいれば助けずにはいられない人格者でした」

「しかし、誰よりも困っていたはずの橋沼さんを助けようとはしなかったようですね」

「それは……」

亘の指摘に小島が顔を伏せると、美濃部がどんとテーブルを叩いた。

「刑事さん、奴は人殺しですよ。犯罪者を助ける理由なんか、ありませんよ！」

「ほかに、真柴さんが誰かの恨みを買うようなことは？」

亘の質問に、小島は「強いて言えば、皆川さんですかね」と答えた。

「皆川さんという方は？」

右京が草野に訊いた。

「五年ほど前、この村に来た人です」

ひとりの村人が声をあげた。

「そうだ、あいつだよ。あいつ、寄り合いに誘ってもいっこうに顔出さねえし」

別の村人がその意見に同調した。

「そのうえ、しょっちゅう山をうろついてる。なにをしてるんだって声かけても、無視するしよ」

ふたりの発言を受けて、小島が右京と亘に説明した。

「それで一度、真柴さんが注意して揉めごとに」

「しかし、その程度で殺人までしますかね？」

亘が疑問を口にする。すると、移動スーパーで会った老女が両手をすり合わせながら部屋の隅でつぶやいた。

「きっと、山の神様がやったんだ！」

〈神木村元村役場職員殺人事件〉の捜査本部は奥多摩署の会議室に設けられた。ホワイトボードには事件の概要が書かれ、関係者の写真や現場写真が貼られていた。ホワイトボードを見ながら、亘が情報を整理した。

「迫害を受けていた橋沼が村への復讐を企て、乙羽さんや真柴さんを殺害した……」

「その場合、彼がどこに潜伏しているかが問題ですねえ」右京もホワイトボードを眺め、真柴の死因に注目した。「冠城くん、ここ」

亘がその文字を読む。

「溺死、ですか」

そこへ伊丹と芹沢が入ってきた。伊丹がホワイトボードの前に立ち、両手を広げた。

「勝手な立ち読みはご遠慮いただけますか」

「これは失礼。なにかお手伝いできることはないかと思いましてね」

「でしたら、お引き取りください。それが一番助かります」

伊丹の嫌みをスルーして、右京が言った。

「死因が判明したようですね。溺死とありますが」

「あの遺体のようすから言って、そうは見えませんでしたが」

亘が疑問を呈すると、芹沢が答えた。

「でも、間違いない。遺体の肺から水も検出されてるし」

「水ですか」と右京。「つまり犯人は真柴さんをどこかで溺死させたあと、わざわざ山中に運んで遺体を地面に縛りつけた」

「なんのために？」

亘の質問に、伊丹が眉間に皺《しわ》を寄せる。

「それがわかんねえから悩んでんだよ、こっちは。そっちこそ、なにかつかんでるんじゃねえのか?」

「村の人たちはみんな、皆川って男を疑ってるみたいですが」

「誰だ、それ?」

伊丹が食いついたところで、右京が相棒を呼んだ。

「冠城くん」

「はい」

ふたりはそのまま会議室を出ていった。


翌日、特命係のふたりは草野に頼んで、皆川の家に案内してもらった。

「昨日の集会、あの後もずっと続いてたんですか。あの調子で?」

亘が訊くと、草野は愚痴《ぐち》をこぼした。

「ええ。駐在も楽じゃありませんよ」

「俺には絶対無理ですね」

「でも、おかげで火がつきました。こうなりゃ、この手でホシを挙げて、村の連中、ぎゃふんと言わせてやりますよ!」

大声で宣言する草野に、右京が言った。

「それは心強い」

亘が話題を変えた。

「皆川って、どういう男なんです？」

「脱サラして、五年前からこの村に住んでいるんですけど、それ以上のことは……。なにしろ、人付き合いの悪い人ですから」

「なるほど」

「こちら、皆川の家です」

皆川の家は集落の外れに建つ古い一軒家だった。草野が声を張りあげた。

「皆川さん、いらっしゃいませんか？　警察です！」

何度か呼んでも反応がなく、「留守ですかね？」と諦めかけたとき、庭の奥から痩せた顔色のよくない男がふらっと出てきた。

「なにか用ですか？」

皆川良一《りょういち》はひとり暮らしだった。三人を家に入れると、真柴のことを訊かれてこう答えた。

「真柴さんという人のことはよく知りません。あまりこの村の方とは付き合いがないので」

右京は充実した皆川の蔵書を興味深そうに眺めていた。亘が皆川に疑念をぶつけた。

「しかし、あなたは一度、真柴さんと揉めたことありますよね？」

「もしかして、私を疑ってるんですか？」

「そうは言ってませんが、あなたがしょっちゅう山に出入りしてたとの証言もありますし」

亘のことばを受けて、草野が声を荒らげる。

「犯行の下調べでもしてたんじゃないのか！」

「草野さん」亘がなだめる。「そういうことはこっちで言いますからね」

「あっ、すみません」

皆川が反論した。

「どこでなにをしようと、個人の自由です。たしかに真柴さんと揉めたことはありますが、それが殺すほどの動機になりますか？」

右京が書架から一冊の本を携えて戻ってきた。

「おっしゃる通り、あなたには動機がありません。少なくとも、今のところは。しかし、殺害方法の知識については別です」

「なんの話ですか？」

右京が持ってきた本を掲げた。『ＣＩＡ流実戦訓練マニュアル』という書名だった。

「ウォーターボーディング」

草野は右京の放った単語を知らなかった。

「なんですか、それ？」

右京が説明した。

「顔に布やタオルを押し当てて、上から水をかける。すると布が顔に張りついて、相手は呼吸困難に陥る」

亘はその拷問を知っていた。

「かつてＣＩＡがテロリストの尋問に使っていた手法ですね」

「ええ。人道の見地から今はおこなわれていないようですがね」

「なるほど」亘が理解した。「真柴さんの死因は溺死。肺から水も検出されている」

右京が本を皆川の前に置いた。

「誰にでも思いつく手口ではありません。ですが、あなたならば知っていてもおかしくはありませんねえ」

「たとえ知っていたとしても、だから犯人とはなりませんよ」

と、突然掃き出し窓が開き、伊丹と芹沢が現れた。濡れ縁に腰かけて、中の会話に耳を傾けていたのだった。

「はい、そこまで」と伊丹。「話は聞かせてもらいましたよ」

「なんです、今度は？」

戸惑う皆川に、芹沢が訊いた。

「皆川さん。あなた、三日前に登山用のロープを購入されてますよね？」

「ええ。それがなにか？」

「そのロープ、真柴さんの遺体を縛り上げたものと同じタイプのものだったんです」

「署までご同行願えますか？」

伊丹が有無を言わさぬ口調で要請した。


右京、亘、草野の三人は皆川の家を出て、集落への道をたどった。歩きながら、亘が右京に言った。

「だとしたら、問題は動機ですが……」

「そうなりますかね」右京が曖昧《あいまい》に応じる。

亘が前方に目をやった。

「あれ、右京さん、また移動スーパーですよ」

三人は移動スーパーに近づき、草野はまたあんパンと牛乳を買った。そして、事件のことをかいつまんで琴江に伝えた。

「そう……皆川さんが」

琴江が顔を曇らせると、草野は慌てて否定した。

「いやいや、まだ犯人と決まったわけじゃないから」

琴江が右京と亘に打ち明けた。

「あの……こんなこと言っていいのかわからないんですけど、皆川さん、村八分に遭っていたみたいで」

「えっ、そうだったんですか？」亘が驚く。

「家にごみを投げ入れられたり、商店で物を売ってくれなかったり、結構陰湿な嫌がらせを受けていたみたい」

「だとしたら、十分動機になるんじゃないですか」

亘が右京に耳打ちしたのを、琴江も聞いていた。

「でもどうかしら。本当はそんなに悪い人じゃないんだけどな」

「そんなに悪い人じゃありませんか」

右京がおうむ返しに訊き返す。

「ええ。月に一度、大きな買い物をしてくれるんです。この間も」

琴江は車の中から皆川の購入した商品の伝票を取り出してきて、見せた。水や缶詰、カップラーメンなどの食品が大量に買われ、総額は五万円に達していた。

右京が伝票に目を通す。

「ずいぶん大量に買い込んでますねえ」

「不思議なところもあるけど、荷物を運ぶのを手伝ってくれたり、お茶をご馳走してくれたりしました。みんな、皆川さんのことをよく知らないから不安なんですよ、きっと」

琴江は皆川を弁護した。


その夜、奥多摩署の取調室で、伊丹と芹沢が皆川を取り調べた。

「ロープを買った目的は？」

伊丹の質問に、皆川は平然と答えた。

「ですから、登山をするためです」

「見え透いた嘘をつくな！」伊丹が吠《ほ》える。「お前はあの村で迫害を受け、復讐の機会をうかがっていた。そして、真柴さんを殺した。ロープで縛って身動きをとれなくして、水責めにしたんだ」

「私は殺してない」

皆川は否定したが、伊丹は信じなかった。

「そう言っていられるのも今のうちだ。いずれ化けの皮を剝いでやるから、覚悟しとけ！」

この取り調べのようすを、右京と亘は隣の部屋からマジックミラー越しに眺めていた。

「どう思います?」亘が右京に訊いた。

「まだなんとも。しかし、皆川さんはなぜこの村に居続けているのでしょうねえ? 五年もの間、村八分を受けているんですよ」

右京の指摘で、亘も気がついた。

「言われてみれば妙ですね。そもそも、なんでこんな山奥に越してきたのか……」

「なにかを隠していることはたしかですね」

三

翌朝、右京は駐在所の居間のこたつに入り、愛用のティーポットで紅茶を淹《い》れていた。それを見た亘が目を瞠《みは》る。

「それ、持ってきたんですか?」

「いつどこで事件に遭遇するか、わかりませんからねえ」

「まったく、抜かりないですね」

「ところで、乙羽さんのブログにすべて目を通したのですが、思わぬ発見がありました」

右京がタブレット端末を亘に見せた。そして、ブログに掲載された乙羽の写真を拡大する。乙羽の首に変わったデザインのネックレスがかかっていた。亘は目を近づけて、ネックレスの正体に気づいた。

「これは……寄木細工」

「もしかしたら彼女は、橋沼さんとなんらかの関わりがあったのかもしれませんね」

「そうなると、だいぶ事情が変わってきますね」

伊丹と芹沢は皆川の家を捜索していた。

「なんか見つかったか?」

伊丹の質問に、芹沢は「いえ、特には」と答えた。そこへ右京と亘がやってきた。

「おはようございます」

慇懃《いんぎん》に腰を折る右京に、芹沢が呆れた。

「まだいたんですか?」

「他にやることないですから」亘が笑う。

「なにか進展はありましたか?」

右京が訊くと、伊丹がぼやいた。

「皆川が口を割らないいんですよ。なにか有力な物証でも見つけないことには、どうにも」

亘が机の上に寄木細工のネックレスを見つけた。

「右京さん、これ」

「行方不明になった乙羽さんのものですねえ」

そこへ草野が息を切らして駆け込んできた。

「大変です！　大変です！」

「ああ、もう騒々しい！」

尖った声を出した伊丹は、草野の次のひと言で、絶句することになった。

「小島さんが！」


小島の遺体が発見されたのは神社の近くの林の中だった。真柴と同様にロープでぐるぐる巻きにされ、ペグで地面に固定されていた。

草野が発見の経緯を語る。

「神社の掃除に行ったっきり戻らないというので、付近を捜してみたら……」

伊丹が遺体に目を落とし、芹沢に訊いた。

「同じ手口か……掃除に出かけた時間は？」

「今朝の六時ぐらい。死亡推定時刻は、今朝の八時から十時の間だそうです」

「どうなってる……皆川は昨日から奥多摩署にいるんだぞ」

「やはり橋沼さんが……」

亘が右京に耳打ちしたとき、草野が声をあげた。

「なんだ？」

「どうしました？」

亘の質問に、草野は制帽を脱いで、示した。

「木から水が垂れてきたんです。ほら。雨じゃないしな」

右京が頭上を見上げてから、遺体のほうを見た。ちょうど遺体の顔の真上に、木の枝が張り出していることを確認し、小声でつぶやいた。

「そういうことでしたか」


右京は捜査陣を真柴の遺体が見つかった山林に連れていった。

「ここが、最初に亡くなった真柴さんの遺体があった場所です」そして、その場所の上に張り出した枝を指差した。「ちょうど頭の上に木の枝があります。小島さんの遺体も、同じように木の枝の真下にありました。そして、そこにもここにも同様の痕跡が」

背の高い亘が枝の痕跡をしげしげと眺めた。

「樹皮が擦りむけてますね」

「本当だ」芹沢もそれに気づいた。

「おそらく、ここには水の入った容器がぶら下がっていたのでしょう」

右京の推理を聞いて、亘も納得した。

「だから溺死ですか」

「ええ。犯人は被害者を拉致して現場に運び、身体を地面に固定した。そして、顔に布をかけ頭上から水が落ちるよう、穴を開けた容器を仕掛けたんです」

「ウォーターボーディングですね」

「でも、現場にそんなものは……」

困惑する伊丹に、右京が言った。

「そこで、おばあさんの聞いた神の声です」


そのあと右京たちは〈美濃部林業〉の伐採現場に行った。そこでは美濃部がドローンを操縦していた。騒がしいローター音をたてて飛ぶドローンを見上げて、亘が言った。

「神の声、か……」

美濃部が右京たちに気づいた。

「あっ、刑事さん」

右京が美濃部に申し出た。

「少々、お時間よろしいでしょうか?」

　右京は手頃な枝の下に案山子《かかし》を仰向けにして寝かせ、顔の上にタオルを被《かぶ》せた。そして、枝に水の入ったポリタンクを吊るした。ポリタンクには小さな穴が開けてあり、タオルの上に水滴が滴った。

　右京が説明する。

「これがウォーターボーディングの仕掛けです。水の入った容器とタオルを紐《ひも》でドローンに繋《つな》ぐ。そして、被害者が死亡した頃合いを見計らって、これらを回収した。では、お願いします」

「はい」

　右京の合図で、美濃部がドローンを発進させた。ドローンが飛び立つと、紐で繋がれたポリタンクとタオルも宙に浮いた。

「このとき、容器に残った水とタオルが吸った水が飛び散り、周りの木々に付着した」

　草野が合点のいった顔になる。

「それが、さっき降ってきた水滴の正体ですか？」

「神の声は、ドローンのローター音だった」

　亘のことばにうなずいて、右京は美濃部に尋ねた。

「例えば、あらかじめ飛行ルートを設定しておき、指定した時間にドローンが自動的に飛び立つよう、プログラミングすることは可能でしょうか？」

「相応の機材と知識を持っていれば、おそらく……」

「しかしですよ、皆川は昨日から奥多摩署にいるんですよ。真柴さんの件はともかく、小島さんの件に関してはどうやって？」

芹沢が疑問を呈したが、伊丹は無視した。

「んなのは後だ！　まずはドローンだ。行くぞ！」

去っていく伊丹と芹沢を見送りながら、亘が言った。

「皆川さんの犯行ではなさそうですね」

「ご協力ありがとうございます」

礼を述べる右京に、美濃部が訊いた。

「あの……小島さんの件というのは？」

亘が神妙な声で答えた。

「今朝方、遺体で発見されました。真柴さんと同一犯だと思われます」

「そんな……」

顔色を変えた美濃部に、亘が言った。

「念のため、ドローンの飛行履歴、確認させてもらいます」

伊丹と芹沢をはじめとする捜査陣は、総力を挙げて皆川の家とその周りを捜索した。

しかし、ドローンはどこにも見つからなかった。

「この家にないとしたら、山のどこかに着陸させたってことじゃねえのか?」

「すぐ捜索に当たらせます」

伊丹と芹沢が庭でそんな会話をしているところへ、右京と亘がやってきた。

「どこに消えたのでしょうねえ」

右京の問いかけに、亘が答える。

「食べたんじゃないですか?」

「えっ?」芹沢が不審そうな顔になる。「なんの話ですか?」

右京が答える。

「ドローンはさておき、あるべきものがないんですよ。皆川さんは先日、移動スーパーで大量の食料を買ってるんです」

亘が補足した。

「とても数日で食べきれる量ではなかった」

「食料のことなんか、どうだっていいだろう。まずはドローンを見つけないことには、皆川の犯行を立証できねえんだぞ」

焦れる伊丹に、芹沢が自分の考えを述べた。

「先輩、こうは考えられませんか。皆川は必要な資材を調達しただけで、実際の犯行は消えた橋沼がやったとしたら……」

「共犯ってことか？」

「それも可能性のひとつですねえ」右京が認めた。「もしかしたら、橋沼さんはまだこの村のどこかに潜伏しているのかもしれませんねえ」

右京は庭を見回し、灯油のポリタンクがいくつか並んでいるのに目を留めた。

「おや、蓋がひとつ開いてますね」

亘がそのポリタンクを持ち上げた。ポリタンクの底は切り取られており、地面から突き出たパイプが現れた。

「あっ、通気口？」

その後、捜査員全員で庭が徹底的に調べられた。すると落ち葉の下から、ハッチが見つかった。右京と亘、伊丹たちが懐中電灯を片手にハッチを通って地下に潜る。そこには空間が広がっており、棚がしつらえられ、簡易ベッドやテーブルが置かれていた。

「シェルターのようですねえ」

右京のことばを受けて、亘が棚を照らした。

「消えた食料もここにあります」

伊丹は別のものを見つけた。

「ロープだ。犯行に使ったんじゃなかったのか？」

芹沢が壁を照らした。そこにはライフル銃が架かっていた。

「先輩、これ……」


翌日、奥多摩署の取調室で、右京は皆川と対面していた。

「自然災害や戦争に備えて、食料を備蓄したり、シェルターをつくったりする人たちがいるそうです。ある種の思想といったところでしょうか。アメリカには実に数百万人。ここ日本でも最近、シェルターを購入する人が増えているそうです。そんな人たちを総称して、こう呼ぶんだそうです。プレッパーズ」

亘がタブレット端末を差し出した。

「あなたのブログを見つけました。そこには、この国が敵国に攻め込まれる危険性やその対策について書かれています」

口をつぐんだままの皆川に、右京が語る。

「五年前、あなたがわざわざこの山奥に越してきたのは、来《きた》る戦争に備えるためだった。そう考えれば、あなたの取っていた不審な行動は説明がつきます。なによりの証拠は、庭に隠されていました。あなたは山の中で、サバイバル訓練をおこなっていました。そのときのようすを撮影した動画も、パソコンに保存されていました。狩猟が盛んな神木村は、カムフラージュにもってこいだったのでしょうね」

亘が今度は証拠品袋に入った銃弾を掲げた。

「橋沼さんの家の近くで実弾が見つかった。あの林が射撃訓練場だったんですね」

「しかし、そこであなたは思わぬ事態に遭遇してしまった。そうですね？」

右京が水を向けると、皆川がついに重い口を開いた。

「十カ月前のことです。射撃訓練をするため、私はあの林に入りました。そこで、見てしまったんです。橋沼さんが、真柴と小島に連れ去られるのを」

そのときの動画も皆川のパソコンに残っていた。右京がタブレット端末で再生した。

「これですね」

「なんですぐに警察に通報しなかった！」

同席していた伊丹が皆川に詰め寄った。答えたのは右京だった。

「警察に話せば、銃の不法所持もバレてしまう。そう思ったのですね？」

亘が次に取り出したのは、寄木細工のネックレスだった。

「このネックレスはどこで？」

「次の日、橋沼さんがどうなったか気になって、あの林道をたどりました。結局、橋沼さんの行方はわかりませんでしたが、代わりにそれを池のほとりで見つけたんです」

取り調べのあと、右京と伊丹たちは捜査本部となっている会議室のホワイトボードの前で事件の検討をした。

「彼の話が本当だとしたら、橋沼さんと乙羽さんは真柴さんたちに殺害された可能性があります」

右京が見解を示すと、亘が犯人の動機を推測した。

「そして、今回の犯人はその復讐を果たしている」

「だが、いったい誰が？」

伊丹が訊くと、右京は左手の人差し指を立てた。

「ひとりだけ、心当たりが……」

「誰です？」

重ねて訊く芹沢に、右京は思わせぶりな答えを返した。

「この村で、皆川さんと接点を持っていた、ただひとりの人です」

四

右京と亘は駐在所の草野を訪ねた。右京の質問に、草野が答えた。

「そういえば、乙羽ちゃんと琴江さんが会ってるのを何度か見かけたことがあります。あれはまだ、琴江さんが移動スーパーの店員になる前のことです」

道ですれ違いざま、親しそうに挨拶を交わしていたという。

「琴江さんは、いつ店員に？」亘が訊く。

「十カ月くらい前です。今思えば、ちょうど乙羽ちゃんが消えたのと入れ替わりで……」

このとき右京のスマホが振動した。

「杉下です」

電話の相手は伊丹だった。

――移動スーパーの店員、山下琴江は三ツ谷乙羽さんの実の母親でした。

「母親？　たしか亡くなったはずじゃ……」

スピーカーモードの右京のスマホに、亘が疑問をぶつける。

――一歳の頃、養子に出したらしい。それと、自宅からドローンと容器が見つかった。決まりだ。琴江は移動スーパーで出たきり、連絡がつかない。これから行方を追う。

右京は電話を切って、考えを述べた。

「もしかすると、第三のターゲットがいるのかもしれません」

「どういうことですか？」と亘。

「琴江さんがドローンを使ってまでアリバイ工作をしたのは、復讐のターゲットをすべて殺害するまで、捕まるわけにはいかなかったからです。しかし、彼女はふたり目の小島さんの殺害にも同じ手法を使った。きっと三人目のターゲットがいるはずです」

「じゃあ、早く止めないと！」草野が青ざめた。「誰なんですか？　三人目って……」

亘が草野から聞いた噂話を思い出した。

「草野さん、言ってましたよね？　『乙羽ちゃんはもともと、この村の暮らしに嫌気がさしていたという噂もあり、行方不明者として扱われました』って。あの噂、実は犯人たちが流したんじゃないですか？」

「君は誰から聞いたんですか？　その噂を」

右京に詰め寄られ、草野が記憶を探る。

「あれはたしか……美濃部さんです」


右京と亘と草野の三人は、橋沼が真柴と小島に連れ去られていった林道の先にある池へと向かった。池のほとりにたどり着いたとき、琴江は美濃部を殺そうとしていた。手足をロープで縛り、猿ぐつわを嚙《か》ませて、顔を水中に沈める寸前だったのだ。

右京が大声で制止した。

「琴江さん！　これ以上、罪を重ねてはいけません」

「わたしはこの男を絶対に許さない！」

琴江は再び美濃部の頭をつかみ、水中に沈めようとした。亘が駆け寄り、琴江を美濃部から引き離した。

右京は美濃部の拘束を解き、あとを草野に託した。

「あんたたちはなんもわかってない」

鋭い声に右京と亘が振り返ると、琴江が自分の喉元にナイフを当てていた。

「琴江さん、やめなさい」右京が叫んだ。

「どうせ、最後は死のうと思ってた」

「あなたが、乙羽さんの実の母親であることはわかっています。あなたがやるべきことは、死ぬことなどではありません。本当のことをすべて話すことです。そうでなければ、乙羽さんの死は決して報われませんよ！」右京が琴江を説得しながら、一歩ずつ近づいていく。「あなたに代わって、法が必ず美濃部を裁きます。ですから、話してください。すべてのことを」

右京は琴江の前まで行き、そっと手を伸ばしてナイフを奪い取った。琴江は憑《つ》き物が落ちたかのように肩を落とした。そして真実を語りはじめた。

「乙羽を育ててくれた養母が亡くなったと聞いて、何度も何度も会いに行こうと思った。でもどうしても、その勇気が出なかった。やっと決心がついたのは二年後でした。最初はハイキングを装って、山で作業中の乙羽に声をかけました。もちろん乙羽はわたしのことなんて覚えてなかった。でも、我が子の顔を見られただけで十分幸せだった。それから何度も足を運んで、乙羽と会って話をした。まるで友達みたいに。乙羽はいろんな話をしてくれた。村のことや林業のこと。そして、橋沼さんという人のことも。乙羽は迫害されている橋沼さんをいろいろと支えていたみたいで、やがてふたりは、恋人になった……」

琴江の脳裏に、乙羽が嬉しそうに寄木細工のネックレスを見せてくれた日のことが蘇《よみがえ》った。琴江が褒めると、乙羽は「いつか琴江さんにも作ってもらうね」と言った。琴江は遠慮したが、乙羽は首を横に振ってこう言ったのだった。

「ううん。彼も一度、琴江さんに会ってみたいって。すっごくわかるんだ、その気持ち。わたしもね、琴江さんに会えてよかった」と。

「……それが乙羽を見た最後でした。村の人たちは、橋沼さんが殺したって噂してました。でも、わたしにはどうしても信じられなかった。なにかある。そう思って、隣町のスーパーで働きはじめたんです」

亘が琴江の心中を読んだ。

「そして、皆川さんに近づいた」

「橋沼さんとは家も近いし、なにか知ってると思ったんです」

「皆川さんの家で、ネックレスを見たんですね?」

「訊いたら、この池のほとりで拾ったって……。彼の目を盗んで、パソコンを覗いてみたんです。そしたら、橋沼さんが真柴たちにつれていかれる動画が残っていました。ふたりはここで殺された。そう直感しました。そのとき、わたしは心に誓ったんです。娘とその恋人を殺した奴らを、絶対に同じ目に遭わせてやるって」

右京が腑《ふ》に落ちたように言った。

「そういうことでしたか。あなたが溺死にこだわったのは」

「迷いはなかった。真柴の口から、指示したのは美濃部だったと知りました。美濃部は真柴と小島と三人がかりで、橋沼さんの頭を池に押し込んだ。乙羽は橋沼さんが殺害される場面を目撃したそうです。美濃部たちにとって、乙羽は致命的な存在となった。だから村を守るために乙羽までも……。そしてふたりをこの池に沈めたそうです」

自供を終えて呆然と立ちつくす琴江に、亘が寄木細工のネックレスを渡した。

「これを」

「そのネックレスは、乙羽さんの人生そのものです。木々を愛し、村を愛し、そしてひとりの青年を愛した乙羽さんの人生。おそらく、彼女はあなたに普通とは違うなにかを感じていたのではないでしょうか。だからこそ、あなたにも同じものを贈りたかった。僕はそう思いますがね」

右京のことばは琴江の心にじんわり染みた。愛おしむようにネックレスを手に載せた琴江の口から嗚咽《おえつ》が漏れた。琴江はそのまま泣き崩れた。


次の日、集落への道をたどりながら、亘が右京に言った。

「池からあのふたりの遺体も揚がって……」

「ええ。これで浮かばれるといいのですがねえ」

そのとき近くの茂みから獣が唸るような声が聞こえてきた。

「右京さん、まさか今の……」

「おそらくイノシシでしょう。ちょうど繁殖期ですからね」

「イノシシ？　あっ、イノシシといえば、牡丹鍋！　今日はもう営業再開しています。行きましょう！」

亘がひとり決めしてずんずん歩いていく。右京は林の中を見つめていた。橋沼と乙羽と思しきカップルが幸せそうに手を繋いで歩いていく姿を一瞬右京の目がとらえたのだ。

亘が戻ってきて訊いた。

「どうしました？」

「……いいえ」

「肉、なくなっちゃいますよ。行きましょう」

右京は幻影を振り切って、亘のあとに続いた。

相棒 season 18（第８話〜第13話）

STAFF

エグゼクティブプロデューサー：桑田潔（テレビ朝日）
チーフプロデューサー：佐藤凉一（テレビ朝日）
プロデューサー：髙野渉（テレビ朝日）、西平敦郎（東映）、
土田真通（東映）
脚本：輿水泰弘、神森万里江、根本ノンジ、児玉頼子、
山崎太基
監督：権野元、片山修、橋本一、杉山泰一
音楽：池頼広

CAST

杉下右京……………………………水谷豊
冠城亘……………………………反町隆史
伊丹憲一…………………………川原和久
芹沢慶二…………………………山中崇史
角田六郎……………………………山西惇
青木年男…………………………浅利陽介
益子桑栄…………………………田中隆三
中園照生……………………………小野了
内村完爾…………………………片桐竜次
衣笠藤治…………………………杉本哲太
甲斐峯秋…………………………石坂浩二

制作：テレビ朝日・東映

第8話 初回放送日：2019年12月4日

檻の中～陰謀

STAFF

脚本：神森万里江　監督：権野元

GUEST CAST

皆藤武雄 …………… 中村育二　　桝本修一 ………… 山崎樹範
高瀬佳奈恵 ………… 中村優子

第9話 初回放送日：2019年12月11日

檻の中～告発

STAFF

脚本：神森万里江　監督：権野元

GUEST CAST

皆藤武雄 …………… 中村育二　　桝本修一 ………… 山崎樹範
高瀬佳奈恵 ………… 中村優子

第10話 初回放送日：2019年12月18日

杉下右京の秘密

STAFF

脚本：根本ノンジ　監督：片山修

GUEST CAST

桜井里美 …………… 遊井亮子　　桜井裕太 ………… 鳥越壮真
町田良夫 …………… 渋谷謙人　　高村修三 ………… 石井愃一

第11話　　初回放送日：2020年1月1日

ブラックアウト

STAFF

脚本：神森万里江　監督：橋本一

GUEST CAST

雨宮紗耶香…………瀧本美織　蓮見誠司…………浅香航大
蓮見恭一郎………長谷川初範

第12話　　初回放送日：2020年1月15日

青木年男の受難

STAFF

脚本：児玉頼子　監督：杉山泰一

GUEST CAST

木村信士…………中村優一　後藤嗣昌………津村知与支

第13話　　初回放送日：2020年1月22日

神の声

STAFF

脚本：山崎太基　監督：杉山泰一

GUEST CAST

山下琴江…………松居直美　美濃部達彦………小宮健五
草野奏太…………粕谷吉洋

相棒《あいぼう》 season18　中

朝日文庫

2020年11月30日　第1刷発行

脚　　本　興水泰弘《こしみずやすひろ》　神森万里江《かみもりまりえ》　根本《ねもと》ノンジ
　　　　　児玉頼子《こだまよりこ》　山崎太基《やまざきたいき》
ノベライズ　碇《いかり》　卯人《うひと》

発 行 者　三 宮 博 信
発 行 所　朝日新聞出版
　　　　　〒104-8011　東京都中央区築地5-3-2
　　　　　電話　03-5541-8832(編集)
　　　　　　　　03-5540-7793(販売)
印刷製本　大日本印刷株式会社

ISBN978-4-02-264973-7

相棒season9（上）
脚本・輿水　泰弘ほか／ノベライズ・碇　卯人

右京と尊が、夭折の天才画家の絵画に秘められた謎を追う「最後のアトリエ」ほか七編を収録した、人気シリーズ第九弾！　《解説・井上和香》

相棒season9（中）
脚本・輿水　泰弘ほか／ノベライズ・碇　卯人

尊が発見した遺体から、警視庁と警察庁の対立を描く「予兆」、右京が密室の謎を解く「招かれざる客」など五編を収録。　《解説・木梨憲武》

相棒season9（下）
脚本・輿水　泰弘ほか／ノベライズ・碇　卯人

テロ実行犯として逮捕され死刑執行されたはずの男と、政府・公安・警視庁との駆け引きを描く「亡霊」他五編を収録。　《解説・研ナオコ》

相棒season10（上）
脚本・輿水　泰弘ほか／ノベライズ・碇　卯人

仮釈放中に投身自殺した男の遺書に恨み事を書かれた神戸尊が、杉下右京と共に事件の再捜査に奔る「贖罪」など六編を収録。《解説・本仮屋ユイカ》

相棒season10（中）
輿水　泰弘ほか／ノベライズ・碇　卯人

子供たち七人を人質としたバスに同乗した神戸尊と、捜査本部で事件解決を目指す杉下右京の葛藤を描く「ピエロ」など七編を収録。《解説・吉田栄作》

相棒season10（下）
脚本・輿水　泰弘ほか／ノベライズ・碇　卯人

研究者が追い求めるクローン人間の作製に、内閣・警視庁が巻き込まれ、神戸尊の最後の事件となった「罪と罰」など六編。　《解説・松本莉緒》

相棒season11（上）
脚本・輿水　泰弘ほか／ノベライズ・碇　卯人
香港の日本総領事公邸での拳銃暴発事故を巡り、杉下右京と甲斐享が、新コンビとして活躍する「聖域」など六編を収録。《解説・津村記久子》

相棒season11（中）
脚本・輿水　泰弘ほか／ノベライズ・碇　卯人
何者かに暴行を受け、記憶を失った甲斐享が口にする断片的な言葉から、杉下右京が事件の真相に迫る「森の中」など六編。《解説・畠中　恵》

相棒season11（下）
輿水　泰弘ほか／ノベライズ・碇　卯人
警視庁警視の死亡事故が、公安や警察庁、さらには元・相棒の神戸尊をも巻き込む大事件に発展していく「酒壺の蛇」など六編。《解説・三上　延》

相棒season12（上）
脚本・輿水　泰弘ほか／ノベライズ・碇　卯人
陰謀論者が語る十年前の邦人社長誘拐殺人事件が、警察組織全体を揺るがす大事件に発展する「ビリーバー」など七編を収録。《解説・辻村深月》

相棒season12（中）
脚本・輿水　泰弘ほか／ノベライズ・碇　卯人
交番爆破事件の現場に遭遇した甲斐享が残すヒントをもとに、杉下右京が名推理を展開する「ボマー」など六編を収録。《解説・夏目房之介》

相棒season12（下）
脚本・輿水　泰弘ほか／ノベライズ・碇　卯人
〝証人保護プログラム〟で守られた闇社会の大物の三男を捜し出すよう特命係が命じられる「プロテクト」など六編を収録。《解説・大倉崇裕》

朝日文庫

相棒season13（上）
脚本・輿水　泰弘ほか／ノベライズ・碇　卯人

特命係が内閣情報調査室の主幹・社美彌子と共に、スパイ事件に隠された〝闇〟を暴く「ファントム・アサシン」など七編を収録。

相棒season13（中）
輿水　泰弘ほか／ノベライズ・碇　卯人

〝犯罪の神様〟と呼ばれる男と杉下右京が対峙する「ストレイシープ」、鑑識課の米沢がクビを宣告される「米沢守、最後の挨拶」など六編を収録。

相棒season13（下）
脚本・輿水　泰弘ほか／ノベライズ・碇　卯人

杉下右京が恩師の古希を祝う会で監禁事件に巻き込まれる「鮎川教授最後の授業」、甲斐享最後の事件となる「ダークナイト」など五編を収録。

相棒season14（上）
脚本・輿水　泰弘ほか／ノベライズ・碇　卯人

異色の新相棒、法務省キャリア官僚・冠城亘が登場！　刑務所で起きた殺人事件で、新コンビが活躍する「フランケンシュタインの告白」など七編。

相棒season14（中）
輿水　泰弘ほか／ノベライズ・碇　卯人

殺人事件を予言した人気漫画に隠された真実に迫る「最終回の奇跡」、新政権発足間近に起きた爆破事件を追う「英雄～罪深き者たち」など六編。

相棒season14（下）
脚本・輿水　泰弘ほか／ノベライズ・碇　卯人

山深い秘境で遭難した右京が決死の脱出劇を繰り広げる「神隠しの山」、警察訓練生による大量殺戮テロが発生する「ラストケース」など六編。